매일 쓰면

작가가 된다

매일 쓰면 작가가 된다

초판 1쇄 발행 2021년 7월29일

지은이 은향란 김정옥 권혜정 성은주 신수연 홍미지

펴낸이 문현정
디자인 정미영

펴낸곳 도서출판 문열다
출판등록 2020년 7월 17일 제25100-2020-11호
주소 대구 달서구 용산서로 22번지
전화 010-2528-9914
블로그 http://blog.naver.com/malta2000
메일 malta2000@naver.com

ISBN 979-11-971299-1-9

매일 쓰면

작가가 된다

읽고
걷고
사색하고
쓴
1년의
기록

도서출판
문열다

나이를 먹는 것은 그다지 두렵지 않았다.

나이를 먹는 것은 내 책임이 아니다.

누구나 나이는 먹는다

그건 어쩔 수 없는 일이다.

내가 두려웠던 것은 어느 한 시기에 달성해야 할 무엇인가를 달성하지 않은 채로 세월을 헛되이 보내는 것이었다.

　그건 어쩔 수 없는 일이 아니다

무라카미 하루키, 『먼 북소리』

나는 문현정 작가다. 『인문학 다이어트』라는 책을 출간하고 책 제목을 딴 프로그램 인문학 다이어트를 만들어 햇수로 4년째 진행해 오고 있다.

먼 북소리를 듣고 산 지 5년이 넘은 듯하다. 매일 내 안에서 울려오는 혹은 우주에서 들려오는 소리를 들으며 살았다. 이게 맞는 길일까 늘 고민하며 앞으로 나아갔다. 고민하던 중에 내가 했던 일은 매일 꾸준하게 읽고 걷고 생각하고 글을 써나가는 것이었다

내가 현재 뭔가를 할 줄 아는 사람이 되었다면 그건 부단한 연습의 결과다. 난 문학을 전공한 사람도 아니고 글쓰기에 관심이 있는 사람도 아니었지만 매일 읽다 보니 쓰고 싶어졌다. 나의 매일 루틴은 똑같다. 3년 넘게 인다를 진행하면서 새벽 5시에 일어나 책을 읽고 글을 썼다.

난 늘 두려워하며 살았다. 회사에서도 두려웠고 회사를 나와서는 더 두려웠다. 삼성이라는 백그라운드는 물론 돈도 명예도 기술도 없었던 내가 서서히 일어설 수 있었던 힘은 바로 매일 뭔가를 했다는 것! 매일 읽고 걷고 사색하고 썼다. 난 매일의 힘을 아는 사람이다. 매일의 힘을 나 혼자 누리기에는 아깝다는 사실을 깨닫고 나는 책 이름을 딴 프로그램을 만들었다. 바로 인문학 다이어트다.

나는 이제 더는 두렵지 않다. 나이를 먹는 것은 아주 자연스러운 일이며 내 책임이 아니라는 사실을 알았다.

매일 읽고 쓰지 않았다면 나의 삶이 얼마나 두려울까?
어디선가 들려오는 소리에 화답했으니 얼마나 다행인가?
내면의 소리에 응답했으니 얼마나 행복한가?
누군가에게도 그 소리에 집중하라고 얘기할 수 있으니 얼마나 다행인가?

우린 어떤 시기에 인문학 다이어트를 만났고 뭔가를 달성하기 위해 애썼다. 6개월간 매일 읽고 걷고 사색하고 썼다. 그 경험을 담아 6개월간 공저의

원고를 썼다. 그 첫 번째 결과물인 『책을 읽고 자유를 만나다』를 삼일절에 출간했다. 이번 책은 두 번째 결과물이다. 참여자들은 이제 안다. 매일 부여되는 과제를 수행한다는 것이 작가가 되는 지름길이라는 것을. 작가가 되기 위해 인문학 다이어트를 시작한 것은 아니지만 매일 쓰면 작가가 된다는 사실을 말이다.

매일 쓰면 작가가 된다는 사실을 알리고 싶어 이 책을 만들었다. 우린 모두 스토리를 가지고 있다. 다만 쓰느냐, 쓰지 않느냐에 달려 있다. 자신의 스토리를 쓰는 사람만이 자신의 역사를 만들 수 있다. 하루키의 글처럼 어떤 시기에 달성되어야 하는 일이 바로 나의 역사를 만들기가 아닌가 싶다. 인문학 다이어트 참여자들은 어떤 시기에 매일 읽고 쓰면서 어떤 것을 달성했다. 앞으로도 어떤 시기가 되면 자신의 뭔가를 달성해 나갈 것이다.

내 삶이 책이 되는 경험은 누구나 해 봤으면 좋겠다. 매일 쓰면 작가가 된다는 사실을 경험해 봤으면 좋겠다. 인문학 다이어트 참여자들처럼 말이다.

문현정 작가

차 례

01

은
향
란

여행을 즐기며
성장과 도전을 멈추지 않는
여행작가 지망생

책을 읽다, 마음이 익다

    나는 어렸을 때부터 책 읽는 것을 좋아했다. 내가 아주 어렸을 때 우리 집에는 그 당시 아이가 있는 집이라면 흔히 볼 수 있는 전집이 있었다. 나는 그 책에서 헬렌 켈러에 대한 내용을 읽었고 링컨이나 아인슈타인을 알게 되었으며 이순신 장군이나 세종대왕을 만났다. 책이 귀했던 시절, 이 전집을 읽고 또 읽으며 어린 마음에도 무척 감명 깊었던 기억이 난다. 한창 공부에 집중해야 할 고 3 야간 자율학습시간에 교과서는 제쳐두고 소설을 읽다가 자율학습을 감독하는 선생님에게 들켜 혼이 나기도 했고, 싫어하는 수학 시간에는 교과서 밑에 만화책이나 소설책을 펼쳐 놓고 선생님의 눈을 피해가며 책을 읽기도 했다. 공부에 흥미가 없어 그 시간을 책으로 때웠던 것 같기도 하다. 직장생활을 할 때 학창 시절만큼은 아니더라도 책을 짬짬이 읽었다. 결말이 궁금해 밤새워 책을 읽다가 쪽잠을 자고 출근하기도 했고 술을 먹은 다음 날 아침에도 눈을 뜨면 잡지든 소설이든 손에 잡히는 데로 읽었다. 옆에 누워 있던 친구가 "이 상황에서 책이 눈에 들어오느냐?"라고 했던 게 기억난다. 언제부터 책을 점점 멀리하게 되었을까? 아마 책보다 더 좋은 친구들이 곁에 있었고 그 친구들과 보내는 하루하루가 너무 즐거워지기 시작하면서 책은 내 손에서 멀어졌다.

다시 독서를 하기까지는 꽤 오랜 시간이 걸렸다. 남편의 직장 부근으로 이사를 하면서 13년을 다닌 회사를 그만두고 같은 지역이긴 하지만 인생의 대부분을 보낸 동네를 떠나 조금 떨어진 새로운 곳으로 오게 되었다. 지긋지긋하게 생각되던 직장생활을 그만두고 처음 얼마간은 그야말로 무위도식하는 생활을 했다. 오랫동안 몸에 밴 습관 탓에 어김없이 새벽이면 눈이 떠졌고 아침을 먹고 나름대로 규칙적인 하루를 보냈지만 나란 사람은 환경에 굉장히 빨리 적응한다는 걸 깨닫는 데는 그리 긴 시간이 걸리지 않았다. 밤을 새워 보고 싶은 영화나 드라마를 정주행하고 남편이 언제 출근했는지도 모르고 아침에는 잠에 빠져 있었다. 직장을 다닐 때는 꿈도 꿀 수 없었던 장거리 여행을 몇 번 가기도 했다. 언젠가 한 번은 꼭 가보고 싶었던 파리의 거대한 에펠탑이 눈앞에 펼쳐졌을 때의 기분은 아직도 생생하다. 또 어느 해는 비키니를 입고 하와이의 와이키키 해변에 누워 한껏 여유를 부리기도 했다. 정말 꿈만 같은 시간이었다. '나에게도 이런 시간이 오다니⋯' 하며 마음껏 즐겼다.

대학을 졸업하고 몇 군데의 직장을 전전하다가 마지막으로 근무한 곳에서는 13년간 일했다. 20대에 시작해 앞자리가 두 번이나 바뀌고 40대가 되어서 사직서를 썼다. 그동안의 스트레스가 풀리는 것 같았다. 하지만 그 기분은 잠깐이었다.

마지막 직장을 그만둔 후 20여 년간 나는 무엇을 하며 살았을까? 허무하다는 생각이 갑자기 들었다. 돈을 벌고 돈을 쓸 때는 그 순간을 마냥 즐겼다. 나의 5년 뒤, 10년 뒤를 생각하지 않았다. 회사를 그만두고 한동안은 시간이 없어서, 피곤해서, 친구들 만나느라 미루었던 취미 생활을 하기도 했다. 바리스타 자격증도 따고 떡 만드는 법을 배우러 다니고 뜨개질을 하면서 집 근처에 있는 산에 이틀에 한 번꼴로 올랐다. 남들 일하는 시간에 한가하게 거리를 배회하는 것만으로도 묘한 쾌감을 느낄 수 있었다. 똑같은 일만 오랜 시간 반복하다가 새로운 걸 접하니 하루하루가 무척 즐겁고 호기심도 생겨 인터넷을 검색하며 내가 배우고 싶은 것을 부지런히 알아보고 다녔다. 하지만 한 가지를 오랫동안 하지 못하고 싫증을 잘 내는 성격이라 어느 것을 배워도 길게 가지 못했다.

여기저기 흘깃거리며 다니다가 어느 순간 마음에 불안감이라는 놈이 삐죽이 고개를 들었다. '이렇게 아무것도 하지 않고 살아도 되나?', '뭐라도 해야 하는데….' 20년 가까이 무엇을 했고 고작 일 년도 되지 않는데 이렇게 초조한 생각이 드는 것이었다. '그동안 열심히 일했으니 좀 쉴 때도 되었어'라는 생각과 '왜 이렇게 시간을 낭비하고 있어?'라는 두 생각이 끊임없이 충돌했다. 더군다나 나는 출산을 포기하고 남편과 둘만의 삶을 선택했기 때문에 아이들 뒤치다꺼리를 해야 할 일도 없었고 남편이 퇴근하기 전까지 갑자기 주어진 오롯한 나만의 시간을 어떻게 보내야 할지 우왕좌왕하며 보냈다. 그러나 지인의 권유로 이제껏 해보지 않은 전혀 새로운 일도 시도해 봤지만 적응하지 못하고 결국 2년 만에 다시 짐을 싸서 또다시 백수가 되었다. 그러다가 2019년 사회복지사 자격증을 따기 위해 공부를 시작했다. 전망이 괜찮다는 이야기에 솔깃하기도 했다. 1년 동안 인터넷 강의를 듣고 시험을 치고 실습과정까지 수료하고 다음 해 2020년 2월에 자격증을 우편으로 받고 새로운 일에 또 도전해야 한다는 생각에 긴장도 되고 설레기도 했다.

그러나 이런 기분은 그리 오래 가지 못했다. 딱 일주일이 지난 뒤 전혀 상상하지 못한 일이 일어났다. 코로나19가 이 세상을 덮친 것이다. 2020년은 코로나라는 단어를 빼고 어떻게 설명할 수 있을까? 특히 내가 사는 지역은 바이러스에 감염된 확진자가 하루가 다르게 기하급수적으로 늘어났다. 건물이 폐쇄되고 가게가 문을 닫고 마스크를 쓰지 않으면 어디를 가든 출입이 제한된 것이다. 쓰레기를 버리기 위해 아무 무심코 나갔다가 마스크를 쓰지 않았다는 생각에 화들짝 놀라 다시 집 안으로 들어오기 일쑤였다. 정말 처음 겪는 일이라서 한동안은 믿을 수가 없어 우왕좌왕했다. 할 수 있는 일이 없었다.

그즈음에 문현정 작가의 책인 『인문학 다이어트』(2017, 마음세상)를 읽고 책의 저자가 진행하는 '인문학 다이어트'라는 프로그램에 참여하게 됐다. 살을 빼는 다이어트는 많이 해봤지만 인문학 다이어트라니 생소했다. 인터넷으로 검색을 하여 어떤 수업인지 알아보았다. 책을 읽고, 걷고, 사색하고, 쓰기를 6개월간 매일 수행해야 하는 수업이었다. 변덕이 심하고 끈기가 부족한 내가 할 수 있을까 두렵기도 하고 무엇보다 매일 책을 읽어야 한다는 점이 자신이 없었다. 그러나 당장 취업할 수도 없고 어떻게든 집에서 할 수 있는 일을 찾아야 했으므로 일단 시작했고 코로나 시대라고 불리는 2020년이 그 어느 해보다 오롯이 나 자신을 위한 해였다는 생각이 든다. 그 어느 때보다 나의 미래, 나의 꿈을 신중하게 그려보게 됐고, 무엇을 하며 어떻게 살 것인가를 진지하게 생각했다. 코로나로 인해서 더 불안해진 상황, 불확실한 미래, 아무것도 하지 않고 있다는 초조함이 오히려 잦아들었다. 변한 건 책을 읽은 것밖에는 없는데 말이다.

책에는 내가 어떻게 설명할 수 없는 힘이 있다. 마음을 고요하게 하고 정신을 성장시킨다. 어릴 때 부모님이나 어른들로부터 책 많이 읽어야 한다는 소리를 많이 들었는데 그 이유를 이제야 알게 되었다. 학교를 졸업한 후에는 도서관에 가지 않았는데 요즘은 걸어서 30분 정도 거리에 있는 도서관을 자주 찾는다. 최근 동네 도서관이 리모델링을 해서 재개관했다. 가방을 메고 운동 삼아 걸어가

깨끗한 도서관에서 책을 읽는 게 낙이 되었다. 다 읽지 못한 책은 대여해서 집으로 온다.

(요즘 동네 도서관이 공사 중이라 거기서 책을 읽지는 못하고 대여해야 하기 때문에 가방을 메고 운동 삼아 걸어간다.) 책을 몇 권 골라서 가방에 넣고 동네를 구경하며 다시 집으로 돌아오는 그 시간은 참 설레고 기분이 좋다. 여름에는 비록 마스크 때문에 숨이 막히고 안 그래도 더운 날씨에 땀범벅이 되지만 집에 와서 찬물에 샤워를 하고 빌려온 책의 책장을 펼칠 때의 기분이란 이루 말할 수 없다. 집에서 밀린 영화를 보고 밤새 미드를 보는 대신 TV 리모콘을 들고 있는 손에 책을 들고 있는 내 자신을 발견한다.

무엇보다 책을 읽고 나서 가장 크게 바뀐 것은 인간관계. 특히 남편과의 사이에 많은 변화를 가져왔다. 맞벌이하면서 서로 바쁘게 지낼 때는 잘 몰랐는데 집에 있게 되면서 부딪히는 일이 많아졌다. 2010년에 결혼해서 아마 작년이 제일 힘들었던 시기가 아니었을까 싶다. 감정을 주체하지 못하고 하루에도 몇 번씩 고성이 오갔다. 지금 생각하면 왜 그랬는지 이해가 되지 않는다. 단 십 분도 부드럽게 대화가 이어지지 않고 끝은 언제나 싸움으로 끝났고 남편은 대화를 꺼리기에 이르렀다. 오히려 그편이 훨씬 낫다는 생각이 들기도 했다. 그런데 책을 읽기 시작하면서 나만의 시간을 가지게 됨으로써 우리는 서로가 느낄 정도로 다정하게 대화하고 언성을 높이는 일이 거짓말처럼 잦아들었다. 달라진 건 내가 단지 책을 읽은 것뿐이다. 책을 읽기 시작하고 10개월이 지난 초겨울에 남편 일 때문에 부산을 가게 되었다.

왕복 세 시간이 넘는 차 안에서 남편이 불쑥 이런 얘기를 했다.

"여보, 우리 세 시간이나 차에 있으면서 안 싸운 거 진짜 오랜만이다."

생각해보니 그랬다.

"어? 그러네. 뭐지. 우리도 이제 늙었나?"

"그게 아니라 요즘 당신 성격이 많이 변했다."

왜냐하면 우리는 무슨 징크스처럼 차만 타면 언성이 높아져 차를 타기 전에 서로 대화를 하지 말자는 데까지 합의를 하기도 했기 때문이다. 롤러코스터처럼 오락가락하던 내 성격이 많이 바뀌었단다.

내가 좋아하는 이야기가 아니면 건성으로 듣고 관심을 두지 않았는데 여러 분야의 책을 읽고 나니 남편이 좋아하는 역사 이야기에 같이 대화를 할 수 있다는 점도 좋았다. 남편과의 관계뿐만 아니라 좀 독선적인 성격도 좀 바뀐 것 같기도 하다. 나와 다른 의견을 가진 사람을 인정하지 않으려 했고 나와 생각이 다른 것뿐인데 틀렸다고 규정해버렸다. 내가 그렇게나 싫어하는 우물 안 개구리가 바로 나였다. 내가 가진 틀 속에 나를 맞추고 타인도 그 틀에 맞추려고 했다. 너무 부끄러운 일이다.

책은 내 시야를 넓혀주고 내가 알지 못하는 세상으로 이끈다. 내가 경험하지 못한 일을 책을 통해 경험하고 기쁨과 슬픔, 분노, 웃음, 위로 등의 다양한 감정을 느끼고 무엇보다 중요한 것은 나를 돌아보게 한다. 그냥 단순히 재미로만 책을 읽을 때는 한편으로는 딱히 좋은 것도 모르겠고 변한 것도 없고 마지막 책장을 덮는 순간 금방 잊어버렸다. 단순하게 활자를 읽고 책을 읽었다는 그 행위에 중점을 둔 탓일 것이다. 물론 내가 짧은 시간 동안 독서를 했다고 해서 내가 뭔가를 해냈다거나 완전히 다른 사람이 되었다고는 말할 수는 없다.

하지만 인문학 다이어트를 통해 독서를 하면서 한 가지가 분명해졌다. 그동안 나는 내가 하고 싶은 일이 무엇인지, 무엇을 하며 살아야 할 것인지를 모르고 살았다. 지금은 적어도 꼭 하고 싶은 한 가지가 생겼고 늦은 나이에 꿈도 생겼다. 꿈이 생겼다는 건 너무나 설레고 가슴이 두근거리는 일이다. 지금 이 책을 쓸 수 있는 원동력도 독서의 힘이다. 이 책으로 인해, 앞으로 더 많은 읽기를 통해 내 꿈에 한 발짝 더 다가가길 바란다.

죽은 감성도 살리는 걷기의 매력

　거실 커다란 유리창 안으로 햇살이 내리쬐고 하늘마저 누군가 물감을 칠해놓은 듯 파랗다 못해 눈이 시린 날이면 소파에 길게 널부러져 있다가도 벌떡 일어나 운동화 끈을 단단히 조인 후 밖으로 나간다. 불과 얼마 전까지만 해도 이렇게 화창하게 좋은 날이면 나는 아마 세탁실 빨래통에 들어 있는 미처 세탁하지 못한 수건이나 옷가지를 생각했을 것이다. '저런 햇볕에 수건을 폭폭 삶아 베란다 건조대에 널면 얼마나 바짝 마를까. 빳빳한 수건을 곱게 개어서 서랍장에 넣어 두었다가 꺼낼 때마다 까실까실한 촉감을 느끼며 기분도 한층 좋아질 거야.' 하며. 하지만 이제 빨래는 생각하지 않는다. 빨래를 말리는 대신 내 몸을 쏟아지는 햇살에 맡긴다.

　걷기를 하게 된 이유는 이렇다. 2년 정도 일했던 회사에서 아침마다 과자며 떡이며 간식을 부지런히 챙겨 먹었더니 나도 모르는 사이에 살이 엄청나게 불어나 있었다. 어느 날 몸이 불편해지고 청바지가 허리를 너무 꽉 조여오길래 체중계에 올라가 봤더니 몸무게의 앞자리가 바뀌었고 인생 최고점을 찍고 있었다. 그동안 수없이 말로만 하던 다이어트를 진짜 해야겠다는 절박함이 밀려왔다.

그날 저녁에 바로 수영 강습 프로그램에 등록해 2년 가까이 수영을 했다. 하지만 겨울에 감기에 걸린 후 쉽게 떨어지지 않아 강습을 중단하고 집 주변을 걷기 시작했다. 처음엔 차를 타고 가야 하는 수영장보다 나서기만 하면 되는 걷기가 더 어려웠다. 하지만 살을 빼겠다는 일념으로 앞도 뒤도 옆도 보지 않고 오로지 시선을 내 발 앞에 두고 무작정 걸었다. 내 몸에 있는 살에 집중하느라 나는 내가 걷고 있는 길과 산으로 이어지는 산책로, 그리고 그 주변에서 일어나고 있는 변화를 전혀 알지 못했다. 2년 동안 집 주변 공원과 산책로, 둘레길을 걸으면서 하늘의 색깔, 날마다 조금씩 변하는 꽃과 나무, 주위를 스쳐 지나가는 사람들, 그 모든 것을 느끼지 못했다. 따뜻하니 여름이면 짧은 옷 입고 추워지면 패딩을 꺼내면서 계절의 변화를 내가 입는 옷으로 느낄 뿐이었다.

2020년 2월에 시작한 온라인 프로그램인 '인문학 다이어트'는 내 발 끝만 보고 수없이 다니던 길에서 주위를 둘러보게 했다. 꽁꽁 언 땅을 뚫고 올라오는 푸릇푸릇한 새싹을 보았고 여름의 뜨거운 태양 아래 꿋꿋하게 피어 있는 많은 야생화의 아름다움을 보았고 하루가 다르게 바뀌는 가을 산에 경이로움을 느꼈다. 또한, 겨울에 지는 노을이 얼마나 아름다운지도 온몸으로 느꼈다. 오직 걷기만 할 때는 한 시간이 정말 지루하기 짝이 없었다. 몇 번이나 시계를 보면서 시간이 정말 더디게 흐른다고 생각했는데 걸으면서 주변을 자세히 들여다보고 하는 사이 두어 시간이 훌쩍 지나갔다. 주변을 살피느라 걸음이 느려지고 산책 시간이 점점 늘어나기는 했지만 그 시간은 누구에게도 방해받지 않는 완벽한 나 혼자만의 시간이었다.

살도 서서히 빠지니 주위에서 다이어트 비결이 뭐냐고 물어왔다. 내가 지루하다고 느낄 때는 걷기를 적극적으로 추천하지 않았는데 어느새 걷기 예찬론자가 되어 있었다. '헬스장에 다녀볼까?', '수영을 배워볼까?' 하는 친구에게, 머리가 복잡하고 고민이 많다는 지인에게 스트레스 받아 죽겠다는 동생들에게 일단 걸어보라고 얘기한다. 고민거리가 있을 때 기분이 안 좋을 때도 남편과 투닥거린 날 마음에 생채기가 났을 때도 나는 걸었다. 어느 노래 가사처럼 그냥 걸었다. 무작정 걷다 보면 거짓말처럼 마음이 고요해진다. 무념무상의 상태가 되는 놀라운 경험을 하게 된다.

하지만 시간을 내어 걷는다는 게 쉬운 일만은 아니다. 많은 사람이 걷기가 여러모로 도움이 된다는 걸 알지만 실천하기가 쉽지 않다. 요즘은 습관이 되어버렸지만 이렇게 되기까지 노력이 필요했다. 회사 다닐 때는 퇴근 후 약속을 뿌리쳐야 했고 물먹은 솜마냥 몸이 무거워도 일단 꾸역꾸역 트레이닝복으로 갈아입었다. 하루

이틀 미루기 시작하면 다시 못 할 것 같아 밤이 늦어도 한 시간은 반드시 걸었다. 습관이 되니 오히려 걷지 않은 날은 무언가 중요한 일을 하지 않고 지나간 듯한 기분마저 들었다. 걷기에 대해 열심히 전파하다가 지난 여름에 친한 동생들과 일명 '걷는 여자들'이라는 모임을 만들었다. 주말에 시간을 내어 뜨거운 햇살을 맞으며 걷기 시작하였는데 어느 날은 다섯 시간을 걷고 또 어느 날에는 여덟 시간을 걷기도 했다.

어느 정도 한계에 이르면 발가락에 물집이 잡혔다는 걸 감지한다. 머리로는 계속 걸을 수 있을까 하면서 몸은 걷고 있다. 어떡하면 좋을지 생각하는 사이에 물집은 터져 버린다. 물집이 있을 때는 계속 걸을 수 있을까 싶을 정도로 힘든데 오히려 터지고 나면 다시 걸을 수 있는 용기가 다시 생긴다. 걸으면서 이렇게 생각한다. '걷기든 인생이든 언제까지 고통스럽지만은 않겠구나. 힘겨운 시간을 버텨내고 나면 행복한 시간도 오겠지. 짙은 먹구름에 가려 있는 하늘도 어느새 올려다보면 멀리서부터 서서히 구름이 걷히고 해가 비치는 것처럼 모든 일에는 끝이 있지 않을까. 혹독한 겨울이 지나면 봄이 오는 것처럼.'

걷기에 대한 열정은 걷기만으로는 성에 차지 않아 가벼운 등산으로 이어졌다. 평생 처음으로 10여 시간에 걸쳐 9개의 산봉우리에 오르기도 했다. 만약 걷기를 하지 않았다면, 걷기를 하면서 주위를 돌아보는 여유의 시간을 가지지 않았다면 절대 할 수 없는 일이다.

두 동생은 요즘 나보다 더 열심히 하고 있다. 퇴근하면 저녁 먹고 TV를 보다가 잠이 드는 무료한 생활, 주말이면 소파와 한몸이 되어 다시 월요일을 맞이하는 허무한 일상을 보내다가 걷기로 인해 생활이 달라졌다며 "언니 덕분에"라고 말해주어 괜히 어깨가 으쓱해지기도 했다. 가끔 건너뛰는 나와는 달리 정말 하루도 빠짐없이 걷고 있는 '걷는 여자들'을 보면 몸속 어디엔가 걷는 유전자가 있었던 게 아닌가 싶다.

하늘에서 비나 눈이 내리면 큰 창을 앞에 두고 바라보는 건 좋아하지만 꿉꿉하고 축축한 그 속에 있기는 싫었다. 또 먹구름이 잔뜩 낀 흐린 날도 왠지 외출을 꺼리게 되고 날씨가 맑아지기만 기다렸다. 지금 생각하면 참 어리석다. 날씨나 인생이나 맑은 날만 있는 것도 아닌데 어쩌면 흐린 날이 더 많을 수도, 여름이면 비가 오는 날이 더 많을 수도 있는데 막연히 반짝 개기만을 기다린다니 말이다. 빗물을 머금은 꽃잎이나 물방울을 대롱대롱 매달고 있는 나뭇잎이 얼마나 더 선명한 빛을 띠는지, 얼마나 더 진한 풀 냄새가 나는지는 걸어야만 알 수 있다. 여름에 해가 뜨기 전 신비로운 하늘을 보기 위해 새벽에 집을 나섰고 날씨가 쌀쌀해지기 시작하자 아름다운 노을을 보기 위해 오후 시간에 산책길로 걸음을 재촉했다. 시시각각 변하는 하늘을 수없이 봤고 거의 매일 같은 장소에서 황홀한 모습으로 저물어가는 노을을 홀린 듯한 눈으로 감상하면서 어느 하루 새롭지 않은 날이 없었고 늘 발길을 멈추게 하고 시선을 잡아끌었다. 스스로 놀랄 정도로 감상에 빠져들었다. 나는 전혀 그런 사람이 아니었는데도 말이다.

걷기의 매력은 여행 스타일까지 바꿔 놓았다. 여행 계획을 짤 때 SNS에 올릴만한 외관이 예쁜 카페, 맛은 둘째치고 비주얼이 돋보이고 플레이팅이 근사한 음식점을 검색했다. 또 인생 사진을 건질 명소를 꼼꼼히 체크하고 동선을 최대한 줄이는 방향으로 계획했다. 물론 그런 여행도 나쁘지 않다. 여행은 기분을 전환하기 위해 가는 것이니 경치가 좋은 장소에 멋지게 지어진 건물에 앉아서 감상하는 것만으로 힐링이 된다. 하지만 더 좋은 방법은 앉아서 감상하는 것보다 그곳을 직접 걸어보는 것이 열 배 스무 배는 더 즐거운 여행이 된다. 이제는 내가 가는 여행지에 걷기 좋은 길이 있는지 우선 찾아보게 된다. 모두가 사랑하는 제주도에 갈 때도 뷰가좋은 곳 대신 올레길이나 오름이나 숲길을 우선으로 찾아보는 즐거움을 알게 되었다. 언젠가는 제주의 올레길을 모두 걸어보리라는 목표가 생겼다.

내가 사는 곳은 복잡한 도심에서 조금 떨어져 있다. 신도시라 대단지의 아파트가 들어서 있고 여러 가지 편의 시설이 갖추어져 있는 데다 지역에서 유명한 산이 병풍처럼 펼쳐져 있어 아파트 단지를 조금만 벗어나면 시골다운 정취도 느낄 수 있다. 산으로 길게 이어진 산책로의 옆으로 작은 개천도 흐르고 달리는 차에서 나오는 매연 걱정하지 않아도 되고 횡단보도를 건너기 위해 멈추지 않아도 되기에 걷기에 최적화된 곳이다. 사람은 환경에 적응하기 마련인가 보다. 인생의 절반보다 훨씬 오랜 기간 살아온 곳을 떠나 고작 몇 년 되지도 않은 이곳에 벌써 정이 들어 복잡한 곳에 오래 있으면 얼른 집으로 가서 산길을 걷고 싶은 생각이 든다. 나는 중독돼버린 것이다.

어느 여름날 아침에 걷기를 하지 못해 늦은 오후에 동네를 돌고 아파트 입구로 들어서는데 안면이 있는, 옆 동에 사는 아이 엄마를 만났다. 야식으로 먹을 치킨과 맥주를 사 오는 길이라며 반가워했다. 나보고 살이 빠진 것 같다며 "나도 운동을 좀 해야 하는데 요즘 먹고 안 움직여서 살이 많이 쪘어요."라고 했다. 땀에 흠뻑 젖은 채로 아파트 입구에서 또 열심히 걷기에 대해 설파했다. 그 자리에서 다음 날 새벽에 만나기로 했고 얼마간 같이 걷기도 했다. 다른 사람에게 나의 의견을 강하게 어필하는 성격이 아닌데도 걷기 얘기만 나오면 누가 나에게 무슨 다단계 사업에 끌어들이듯 하느냐는 우스갯소리를 할 만큼 열을 올리고 있다. 하지만 이것도 겪어보면 모두 개인의 선택에 달려 있다는 것을 알게 된다. 얘기를 듣자마자 바로 시작한 이들도 있는 반면에 오랫동안 권유를 해도 좋다는 걸 느끼지만 끝끝내 시작하지 못한 이들도 있다. 사실은 이런 부류가 더 많다. 아무리 좋은 것이라고 해도 결국은 각자의 자유 의지에 달렸다.

2020년은 예년에 비해 미세먼지나 황사현상이 줄어 푸른 하늘을 비교적 자주 본 것 같다. 코로나의 역설이라고도 한다. 일상의 많은 활동과 공장의 가동이 중단되니 전 세계의 하늘이 그 어느 때보다 맑고 깨끗해졌다는 연구 결과가 쏟아져 나왔다. 수많은 생명을 앗아가고 일상이 위축되니 지구가 공기가 달라졌다는 역설적인 현상이 나타난 것이다. 비록 1년 내내 마스크를 쓰고 다니느라 숨쉬는 것이 답답하기도 했지만 내 눈은 맑은 공기를 마음껏 누렸다.

 그렇지만 마냥 좋은 것만은 아니었다. 동네 구석구석을 걸어 다니며 마음이 편치 않았던 적이 더 많은 해였다. 나날이 늘어가던 임대 광고문과 불과 며칠 전까지 커피 냄새를 솔솔 풍기던 카페들이 사라졌고 옛 추억을 떠올리게 하는 불량 식품을 팔던 작은 문구점들도 문을 닫았다. 현관 앞에 택배 상자가 쌓여 있는 날이 빈번해지고 약간의 과장을 보태면 음식을 배달하는 오토바이가 차만큼 늘어만 갔다. 생각지도 못한 일들이 당연한 것처럼 일어나던 한 해였다. 문득 이런 생각이 들었다. 예전에 바리스타 자격증을 따면서 나중에 벽면을 책으로 가득 채우고 한쪽에는 아름다운 꽃과 작은 식물을 가꾸며 달콤한 빵 냄새가 풍겨 나오는 작은 카페를 하고 싶다는 생각을 했는데 그 누구도 예상치 못한 일을 겪으면서 과연 할 수 있을까라는 의문이 들었다. 코로나로 인해 불확실한 미래에 더욱 어두운 그림자가 드리워진 기분이다. 앞으로 세상이 점점 좋아질 거라는 기대보다 마치 안개가 자욱하게 낀 것처럼 저 너머에 무엇이 도사리고 있는지 모를 어떤 두려움이 앞선다.

그렇다고 마냥 절망만을 떠올리지는 않는다. 어떤 시대가 또 펼쳐질지, 어떤 어려움이 우리 앞에 나타날지는 모르지만 우리는 또 이제껏 그래왔던 것처럼 살아가야만 한다. 나의 내면을 단단하게 돌보고 주위를 다독이며 함께 버텨야 한다.

걷고 또 걸으면서 시시각각 달라지는 풍경, 적응하기도 전에 빠르게 변화하는 세상을 본다. 책을 읽을 때도 그렇지만 걸으면서도 나에게 질문을 던진다. 어떻게 살아야 할 것인가. 무엇을 하며 살아야 할 것인가. 걸으면서 생각하고 걸으면서 답을 구해 보기도 한다. 이런 생각으로 온통 머리가 어지러울 때에도 걸으면서 마음의 평정을 찾기도 한다. 마음이 편안해지면 눈에 보이는 모든 게 평화로워 보인다.

산책로에서 연세 지긋한 어르신들을 자주 마주친다. 나이가 들어서도 끝까지 누리고 싶은 것들 중의 하나가 보행의 자유다. 머리가 희끗희끗해진 노부부가 나란히 걸어가는 모습을 보면 나도 나중에 저렇게 되고 싶다는 생각을 한다. 붉게 타오르며 아름답게 지는 노을을 바라보며 다정하게 손잡고 걸어가고 있는 늙은 우리 부부의 모습을 상상해 본다.

사색할수록 삶은 심플해진다

    사색思索이라는 단어를 적어 놓고 정말 깊은 사색에 잠겼다. 나는 오랫동안 사색하는 삶을 살지 않았다. 더 정확히 말하면 사색의 필요성을 느끼지 못하고 살았을지도 모르겠다. 깊이 생각하지 않았고 언제나 즉흥적이었으며 그때그때 내 감정에 충실하면 되겠다 라고 생각했다. 나의 내면에서 말하는 소리에 귀를 기울이지도 않았고 관심조차 없었다. 깊은 사색이 필요한 상황에 맞닥뜨렸을 때 그 순간을 피해버리면 그만이었다. 나에게 주어진 시간에 대해 그냥 하루하루 의미를 두지 않고 그저 주어졌으니 살아갈 뿐이었다. '인생 별거 없잖아. 다들 이렇게 살잖아.' 하며 내 멋대로 해석하면서 말이다. 큰 어려움 없이 아니, 어려웠을 수도 있지만 이것도 깊게 생각하지 않았다. 학교에 다니면서 공부하는 것이 내 길이 아니란 걸 알았지만 나에게는 내세울 만한 게 아무것도 없었다. 그래서 대졸이라는 타이틀만이라도 있어야 한다는 부모님의 뜻에 따라 성적에 맞춰 대학도 다녔다. 또한 졸업한 후엔 빨리 취직하라는 성화에 생각할 겨를도 없이 적당한 직장을 구해 밥벌이를 하러 다녔다. 그것도 졸업하고 한참이나 있다가 말이다. 다들 그러니까 크게 불만도 없고, 그렇다고 모험하고 싶지도 않고, 현실에 순응하면서 별 탈 없이. 그러는 동안 나는 내 인생의 주체가 누구인지조차 모르고 살았다. '내가 진짜 하고 싶은 일이 무엇인지?', '앞으로 어떻게 살 것인지, 더 나아가 나는 어떤 사람이며 왜 세상에 태어났을까?' 하는 근본적인 물음에 대한 생각조차 하지 못했다. 인간은 사는 동안 매일매일 끊임없는 선택의 기로에 서 있다. 그 수많은 크고 작은 선택 앞에서 나는 얼마나 깊게 생각했을까?

인정하기 싫지만 나는 아빠의 성격을 좀 물려받았다. 불같은 성질이 있어서 화를 잘 못 참고 욱한다. 이런 성격은 가까운 사람, 특히, 남편에게 자주 드러냈다. 어느 날 남편이랑 드라마를 보고 있는데 주연급의 여배우의 성격은 거의 분노조절장애 수준이었다. 저 성격 좀 보라며 이야기하는데 남편이 화내지 말라며 조심스레 나에게 꼭 당신을 보는 것 같다고 말했다. 그때 정말 나는 뒤통수를 망치로 세게 한 방 맞은 듯한 충격에 빠졌다.

나는 또 화를 못 참고 버럭 소리를 질렀다.

"내가? 내가 저렇다고? 내가 어딜 봐서?"

막 화를 내니 남편이 머리를 긁적이며 이렇게 대답했다.

"당신은 생각하기 전에 화부터 내잖아. 조금만 생각해보면 별일도 아닌데 우선 화부터 내잖아."
"내가 생각이 없다는 말이야?"

잠시 침묵이 흐르고 남편은 말해놓고 힐끗힐끗 눈치를 살폈다. 그러고 보니 나는 주변 사람들로부터 "참 속 편하게 생각 없이 사는 것 같아."라는 말을 종종 들었던 것 같다. 그때는 복잡한 세상 속 편하게 사는 게 장땡이라고, 나는 낙천적인 성격이라고 한없이 너그럽게 생각했다. 그런데 남편의 말을 들으니 생각 없이 사는 사람이라는 말을 곱씹어 보았다. 뒤늦게 주변 사람들에게 내가 그렇게 보인다니 기분이 참 이상했다. '내가 그렇게 생각 없이 사는 사람이었나. 아닌데. 나는 그런 사람이 아닌데.'

곰곰이 생각해보면 틀린 말도 아니다. 이런저런 생각과 잡다한 고민은 언제나 머릿속에 가득하다. 하지만 나는 어떤 사건이 발생하거나 문제가 생겼을 때 그것에 대해 아주 깊이 고민하지는 않았다. 내 생각은 얕았고 고민 없이 즉흥적으로 결정한 일에 스스로 만족했다. '그래, 이만하면 됐어.' 나 자신에게 한없이 관대했다. 그래서 처음 사색이라는 과제를 하게 되었을 때 사실 난감한 기분이었다.

핑계라면 핑계일 수도 있겠지만 미디어가 발달함에 따라 사색은 커녕 생각조차도 다른 사람에게 의존했다. 내가 입는 옷, 내가 쓰는 물건, 내가 보는 영화, 책, 음식 등 생활 모든 부분을 내 생각보다 남의 생각을 검색하고 다른 사람은 어떻게 생각하는지 아니면 짧은 영상을 보는 것으로 대신했다. 내 생각은 어떤지 내 마음은 어떤 것에 끌리고 있는지는 외면한 채 말이다.

사색의 시작은 독서에서 출발했다. 예전에는 독서를 할 때 생각하지 않고 작가의 생각을 그대로 받아들였다. '왜?'라는 질문을 하거나 '작가는 왜 이렇게 생각할까?'라는 의문을 가지지 않았고 내 생각은 어떠한지를 고민해보지 않았다. 인문학 다이어트를 통해 독서에 대한 인식이 바뀌었달까?

예전처럼 그대로 독서를 했다면 나는 여전히 사색을 하지 못하고 있었을 것이다. 책을 읽으면서 필사를 하고 좋은 구절을 적으며 단상을 적어보거나 생각에 잠기는 일이 많아졌다. 책을 읽으면서 작가나 책 속의 인물이나 사건, 현상 등에 '왜'라는 의문이 들었다. 왜 그랬을까? 나라면 이럴 때 어땠을까? 하는 생각에서 깊은 사색으로 이어졌다. 한번은 고전 문학에 빠져 읽기와 사색을 반복하다가 아침 해가 뜨는지도 모르고 거실에 앉아 있다가 출근하기 위해 안방에서 나오던 남편이 깜짝 놀란 적이 있었다. 그날 저녁에 남편이 퇴근하자마자 밤새 읽은 책에 대해서 흥분을 감추지 못하고 이야기하기도 했다. 책의 활자만을 읽을 때와는 달랐다. 사색이 더해

지니 책 속의 인물에 몰입할 수 있었고 더욱 풍부한 감정이 느껴졌다. 신기한 경험이기도 했다. 단순히 흥미나 재미로만 책을 읽었다면 이렇게까지 주인공에게 빠지지도 않았을 것이고 나의 삶, 내 주변에 있는 사람들의 삶의 내면을 돌아보는 일도 없었을 것이다. 그렇게 독서를 통해 조금이나마 깊게 생각할 수 있게 되면서 이제는 내 문제에 대한 사색으로 영역을 확장해 보았다.

독서를 떠나 온전히 나와 나를 둘러싼 문제에 대한 사색은 또 다른 묘미를 준다. 우선 사색을 방해하는 것들로부터 완전히 벗어나야 한다. 이를테면 TV나 스마트폰으로부터 멀어져야 한다. 그리고 고요하게 내 마음과 만난다. 다른 사람들은 어떻게 생각하는지 신경 쓰지 않아도 된다. 그저 내 마음에서 우러나는 소리를 듣고 그 마음을 다독이고 보살피다 보면 상처가 보듬어지고 내면이 단단해짐을 느낄 수 있다.

내 마음에 강한 힘이 생기자 해결하고 싶은 일이 생각났다. 부모님, 특히 엄마는 내가 마흔 중반을 지나 후반을 바라보고 있는 나이인데도 아기를 가졌으면 하는 미련을 아직 버리지 못하고 계시는 듯했다. 나는 결혼 전부터 자식은 낳지 말자고 남편과 얘기를 한 상태였고 나의 바람이 이루어졌는지는 모르겠지만 자연스레 아이가 생기지 않았다. 하지만 이 문제는 오랫동안 주위로부터 걱정 아닌 걱정을 들어야 했다. 전혀 무관한 사람들이 하는 말은 한 귀로 듣고 한 귀로 흘리면 되는데 부모님에게는 그렇지 못했다. 특히 엄마에게는. 어쩐지 불효하는 느낌이었고 얘기가 나올 때면 그만하라고 화를 내거나 알아서 한다며 대충 얼버무리고 넘어갔다. 그런데 결혼한 지 십 년도 넘었는데 은근히 기대하시는 모습을 보고 더는 피하지 말고 엄마의 마음을 편안하게 해드려야겠다는 생각이 들었다. 어쩌면 포기시키는 일인지도 모르지만. 우리 부부가 선택한 삶이고 내 인생이지만 엄마를 생각하면 간섭하지 말라고 할 수도 없는 노릇이었다. 엄마와 차분하게 대화를 나누었다. 이야기하는 도중에 언성도 약간 높아지고 똑같은 얘기를 반복하기도 했지만 그래도 평소와 다르게 비교적 차분하게 설득할 수 있었다. 엄마와 나는 꽤 좋은 사이인데도 마음의 밑바닥까지 드러내며 대화하지는 못했다. 엄마는 유머러스한 사람이고 나도 그런 기질이 약간 있긴 하지만 무뚝뚝한 성격 때문에 낯간지러운 말을 하지 못한다. 특히 부모님이나 형제자매 등 가까운 사람일수록 마음을 터놓거나 다정한 말을 하는 것이 어렵다. 가족이니 그저 말하지 않아도 알아주겠지 하고 막연하게 생각하고 있었다.

하지만 말을 하지 않는데 어떻게 상대가 알아차릴 수 있을까? 나는 이제야 내가 선택한 내 삶과 엄마의 최대 고민거리인 남동생 결혼 문제에 대해서 엄마와 허심탄회하게 대화했다. 우리 부모님의 세대가 흔히 그렇듯이 엄마 역시 인간의 다양한 삶을 인정하기 어렵고 주변 사람 눈을 의식하고 당신 자식만큼은 남들처럼 살기를 바라신다. 엄마를 이해하지 못하는 것도 아니다. 동생과 나는 엄마에게 죄송하다는 느낌을 지워버릴 수 없었다. 이제는 나도 엄마도 서로 마음의 짐을 덜고 싶어서 대화를 나누었고 어느 정도 내려놓았다고 생각한다. 억지라고 할지도 모르겠지만 나에게는 사색으로 인한 대단한 성과다. 마음 깊은 곳에 있는 내 소리를 끄집어내지 않았다면 이 문제가 불거질 때마다 언제까지나 서로 얼굴을 붉힐지도 모를 일이다. 사색은 상처 입은 내면을 단단하게 하는 힘을 지녔다.

　우리가 너무나 잘 알고 있는 소위 천재는 대부분 사색가였다. 문학가, 과학자, 발명가 또는 기업가 등등 분야를 막론하고 그 원동력은 사색에서 비롯되었다. 미국의 유명한 사상가인 랄프 왈도 에머슨은 "돈 많은 사람과 내면적 사색이 충실한 사람, 누가 더 행복할까. 사색하는 쪽이 훨씬 더 행복할 것이다."라는 명언을 남길 정도다. 이제껏 우리는 경제적으로 부유한 삶이 꼭 행복을 가져다주지 않는다는 사실을 많이 보았고 경험도 했을 것이다. 하지면 내면이 충실한 사람, 정신이 풍요로운 사람은 가진 것이 많지 않아도 불행한 삶을 살지는 않는다. 행복을 위해 돈을 좇기보다는 사색하는 삶을 살아야 한다.

　나같이 평범한 사람이 책을 쓸 수 있었던 것도 바로 사색 때문이라고 자신 있게 말할 수 있다. 사색하는 시간을 가지지 못하고 예전의 나로 살았다면 '나같이 평범한 사람이 책을 쓴다고?', '에이, 그건 불가능한 일이야.' 이런 부정적인 생각을 하며 시도조차 하지 않았을 것이다. 하지만 나는 혼자만의 시간을 보내며 사색을 했고 그 시간은 자신감도 없고 깊이 생각하지 않던 나를 변화시켰다. 긍정의 에너지를 심어준 것이다. 나는 남편이 퇴근하기 전까지 홀로 시간을 보낸다.

친구들은 나에게 묻는다.

"뭐해?
"안 심심해?"
심지어 엄마에게서도 가끔 카톡이 온다.
"혼자 안 지겹나?"

사실 나는 지겨움을 느낄 시간이 없다. 책을 읽고 비가 오나 눈이 오나 매일 산책을 하고 사색을 하고 글도 쓰고 오히려 24시간이 짧게 느껴질 때도 많다. 작년 한 해는 살면서 가장 많은 시간을 집에서 보낸 해였을 것이다. 그러면서 나는 새로운 내 모습을 발견했다. 나는 혼자 있는 시간을 못 견디고 늘 왁자지껄한 분위기를 좋아한다고 믿었는데 그게 아니었다. 물론 그런 분위기를 싫어하는 건 아니다. 하지만 나는 그에 못지않게 아니, 그 이상으로 홀로 있는 시간을 즐기는 사람이다. 이렇듯 사색은 나와 만나는 시간이고 나를 성장시키는 시간이었다. 우리는 몸의 근육을 늘이기 위해 먹기 싫은 음식을 억지로 먹고 하기 싫은 운동을 하며 피나는 노력을 한다. 그것에 못지않게 마음의 근육을 튼실하게 키우는 일도 중요하다. 이리저리 흔들리지 않고 단단하게 나를 지키며 살아가기 위해. 그러기 위해선 우리는 사색의 시간을 자주, 많이, 더 깊이 가져야 할 것이다. 이 지면을 빌려서 나를 사색의 시간으로 안내해준 『인문학 다이어트』 작가님께 깊은 감사의 인사를 드린다.

사람을 다듬는 글쓰기

"당신 오늘은 글 안 써?"
"글 쓰는 모습 보기 좋은데."

　노트북을 앞에 놓고 블로그를 하거나 책 읽으며 필사하고 있으면 남편이 이렇게 말을 한다. 내 글을 쓰는 게 아니라고 해도 남편은 내가 식탁 의자에 앉아 노트를 펼치고 무언가를 쓰고 있는 모습이 보기 좋다고 했다. 매년 연말이 되면 큰 서점에 가서 꽤 공을 들여 신중하게 다이어리를 고르기도 했다. 일 년 동안 함께 보낼 생각으로 꼼꼼하게 살피고 잘 써지는 펜도 색깔별로 사서 새해가 되길 기다렸다가 설레는 마음으로 다이어리를 펼쳤다. 새로 시작한다는 마음으로 정성껏 짧은 일기나 간단한 메모 정도는 했었다. 연초에는 제법 빽빽하게 빈칸들을 채워 나갔는데 그러다가 점점 여백이 늘어나면서 달력이 한 장씩 넘어갈수록 백지가 되더니 급기야 책장에 꽂혀 있는 날이 더 많아졌다. 언제부턴가 다이어리를 구매하기 위해 서점에 가는 일도 없었다. 한두 줄 정도라도 기억하기 위해 기록하던 일이 나이를 먹으니 시시해지고 그날이 그날 같은 반복되는 일상이 무의미하게 느껴졌다.

그러다가 시작한 인문학 다이어트는 글쓰기의 세계로 나를 이끌었다. 매일 작가님이 내주시는 과제를 수행하면서 1년간 매일 글을 썼다. 처음엔 세 문장 쓰는 것도 힘들었지만 매일 조금씩 쓰다 보니 A4 용지 한두 장 쓰는 건 일도 아니었다. 1년 만에 나는 책의 한 꼭지 그러니까 세 장 정도의 글을 부담 없이 쓰는 사람이 되어 있었다. 매일의 힘은 이래서 크다.

그러다 문현정 작가님의 권유로 아주 오랫동안 방치된 블로그를 시작하게 되었다. 처음에는 무척 망설여졌다. 쓸거리가 없었기 때문이다. 무엇을 써볼까? 내 일상에서 기록할 만한 게 무언인지 쉽게 떠오른 게 없었다. 그래서 여러 사람의 SNS에 기웃거리기 시작했는데 그럴수록 더 자신이 없었다. 그 속에 있는 사람들은 모두가 특별한 하루하루를 사는 것처럼 보였다.

어떤 근사한 사건이 있어야 될 것 같았다. 나만 이렇게 평범해? 나에게만 아무 일도 일어나지 않는 건가. 자괴감이 조금 든 것도 사실이다. 이런 내 고민을 털어놓으니 작가님이 '하하' 웃으시며 욕심을 버리고 너무 거창하게 쓰려 하지 말고 우선 주변을 돌아본 후

사소한 일상을 관찰하라고 말씀해 주셨다.

작가님의 조언에 따라 마음을 고쳐먹고 평범하지만 진솔하게 일기를 다시 쓰는 기분으로 글을 쓰기 시작했다. 매일 무엇을 써볼까 고민하면서 그렇게 한 달 두 달 시간이 흘렀다. 그런데 나도 모르는 사이에 참 놀라운 일이 일어났다. 친구와 커피를 앞에 놓고 마주 앉아 도란도란 얘기하는 일, 주말에 남편과 천 피스의 퍼즐을 맞춘다던가 레고를 함께 조립하는 일, 오븐에서 갓 구운 빵을 꺼내 온 집 안 구석구석에 고소한 냄새로 가득한 하루를 보내는 일, 시장에서 예쁜 과일을 고르기 위해 애쓰는 일. 이런 시간들이 내가 느끼지 못했을 뿐이지 행복하게 흐르고 있었다. 입체적으로 다가왔다.

어릴 때 숙제로 쓴 일기는 그야말로 보여주기식으로 거기에 내 감정과 감상은 없다. 블로그에 쓰는 글은 내가 알고 있는 정보를 전달하기도 하지만 초등학교 때 쓰던 일기와는 다르게 나의 감정이 들어간다. 내 일상에 누군가가 공감해주고 내가 느낀 것을 똑같이 생각하고 있는 사람과의 소통은 묘한 즐거움을 가져다 주었다. 나만 읽고 마는 글이 아니라 여러 사람이 읽는 글이라고 생각하니 글에 생명을 불어 넣는 것 같았다. 신기한 일은 이것뿐만이 아니었다. 그냥 꾸준하게 오늘 있었던 일을 기록하듯이 글을 쓰고 내 생각과 감정 따위를 적었을 뿐인데 잘나가는 블로그에만 있는 줄 알았던 광고가 내 블로그에 어느 날 떡하니 올라온 것이다. 거기다가 광고 수익까지 들어온다니 정말 희한한 일도 다 있구나 싶었다. 쓸거리를 찾기 위해 머리를 싸매던 내가 일상을 관찰하는 일에서 어느덧 즐거움을 느끼게 되었다. 당연하게 생각해왔던 일상, 무심하게 지나쳤던 내 주변, 두런거리는 사람들의 소리, 계절이 바뀌는 풍경, 모든 일에 의미를 부여할 수는 없겠지만 나에게 주어진 하루를 허투루 보내지는 말아야겠다는 생각이 들었다.

책을 읽을 때마다 '세상에 글 잘 쓰는 사람이 이렇게 많구나'라는 생각을 수없이 했다. '작가는 어떤 사람들일까?'라는 궁금증과 작가라는 직업에 대한 호기심이 생겼다. 저자가 된 듯한 기분으로 좋아하는 작가의 책을 필사해보고 아름다운 문장에 감탄사를 내뱉고 어느 시인의 시를 적으며 울렁대는 마음으로 나의 언어로 바꿔 자작시를 써보기도 했다. 글을 쓰면 쓸수록 궁금증과 호기심은 경외심으로 바뀌었다. 작가는 세상에서 제일 위대한 사람이었다. 서점에 가서 제목에서부터 가벼운 느낌이다 싶은 책을 대충 눈으로 훑으며 '이런 책은 나도 쓰겠다'라는 말도 안 되는 생각을 한 적이 있었다. 이는 돌아보면 정말 낯뜨거운 일이 아닐 수 없다.

그럼에도 불구하고 내 안에 '나도 작가가 되고 싶다'라는 꿈이 모락모락 피어올랐다. 내 이름 세 글자가 박힌 내 책을 세상에 내고 싶다는 생각만으로 가슴이 두근거렸다. 잊고 있던 오래전 기억이 문득 떠오른다. 고등학교 다닐 때 학교에서 자체적으로 문집을 발간했었다. 학생들의 글이나 시 등을 모아 책으로 만들었는데 수학 여행을 다녀와서 숙제로 기행문을 제출했다. 그런데 내 기행문이 문집에 실린 적이 있었다. 그때 대수롭지 않은 듯 행동했지만 속으로 무척 기뻤었다. 그 문집을 오래 보관하면서 가끔 읽어보았었다. 작가가 되고 싶다는 마음 덕분에 몇십 년 전의 일까지 생각나는 모양이다.

글 쓰는 일은 마음과 행동을 단정하고 정갈하게 만든다. 말은 한 번 내뱉으면 그걸로 끝이다. 표현이 밋밋하거나 자칫 거칠어지고 주워 담을 수도 없다. 하지만 여러 단어와 문장이 어우러진 글은 다듬고 내 뜻을 올바르게 전달하려고 노력하다 보면 내 마음이 다듬어지고 내 행동을 돌아보게 만든다. '내가 쓰는 언어가 곧 나이다'라는 말을 들은 적이 있다. 말보다는 오히려 글이 더 적합하다는 생각이 든다. 말은 순간순간의 감정에 나올 수 있지만 글은 좀 다르다. 온갖 미사여구를 써서 잘 쓴 글이라고 감탄하며 읽었는데 자신의 글과 전혀 다른 모습을 알게 되면 실망을 넘어 배신감이 느껴진다. 물론 개인적인 생각이지만 말이다. 글은 세상에 내놓은 순간 오래도록 남는다. 그렇기에 더욱 책임감을 지니고 글쓰기를 해야 할 것이다.

책의 장르를 가리지 않고 읽는 편인데 여행을 소재로 한 책에 손이 자주 간다. 대부분의 사람이 그렇겠지만 나는 여행을 좋아한다. 여러 가지 여건을 따지다 보니 자주 가지는 못하지만 어디론가 떠나는 길 위에 있으면 그 자체만으로 가슴이 뛴다. 내가 직접 운전하는 것도 좋지만 기차역에서 표를 끊을 때라든지 공항에서 비행기를 타기 전의 두근거림은 언제나 새롭다. 익숙한 환경에서 벗어나 낯선 곳에서 눈을 뜨는 아침은 잠시 두려울 때도 있지만 곧 흥분으로 바뀐다.

　남편이랑 연애할 때 나에게 이런 질문을 한 적이 있다.

　"당신 소원이 뭐야?"
　나는 주저 없이 대답했다.
　"젊을 때 열심히 살고 나이 들어서 내 건강이 허락하는 한 여행을 다니다가 어느 낯선 곳에서 눈 감아도 좋을 것 같다."라고.

　2020년에는 여름 휴가 때에도 조심해야 할 만큼 여행하기가 쉽지 않았고 대부분의 사람이 여행에 목말라했다. 여행 간다는 말이 조심스럽고 제주도라도 갈라치면 눈치가 보였으니 말이다. '다음이라는 말로 주저하지 않기'라는 한 가지 교훈은 얻었다. 다음은 영영 오지 않을 수도 있다. 친정 식구 중에서 수험생이나 휴가 날짜가 맞지 않은 사람은 제외하고 최소 10명 이상이 일 년에 한 번은 여행을 다녔다. 이제 그런 날이 앞으로 몇 번이나 가능할까 싶은 생각이 든다. 덕분에 어느 때보다 여행책을 많이 읽으며 아쉬움을 달랬다. 인터넷으로 랜선 여행을 떠나기도 했다. 기행문을 보며 나는 여행을 좋아하니까 언젠가 내 이름으로 된 여행책을 한 권 쓰고 싶다는 생각이 들었다. 비록 젊은 나이는 아니지만 중년에도 언택트 여행이라는 트렌드에 맞춰 얼마든지 여행하며 흥분되는 인생을 살 수 있다는 것을 보여주고 싶다. 만약에 그 책이 출간되면 제일 먼저 친정 엄마에게 선물할 것이다. 엄마가 정정하게 내가 쓴 책을 읽을 수 있을 때 걱정하지 않아도 될 만큼 딸이 즐겁게 살고 있다는 걸 꼭 보여드리고 싶다.

매일 글을 쓰고 싶은데 의지가 약하다 보니 꼬박꼬박 쓰는 일이 쉽지 않다. 그래서 소규모로 운영되는 글쓰기 모임은 많은 도움이 된다. 내가 쓴 글을 읽고 나누면서 쓰기의 힘을 키우는 시간이다. 강제적인 힘을 빌려서 독서를 하고 글을 쓰는 루틴을 갖추어 가고 있다. 모임에서 만나는 사람들 외에 유일하게 내 글을 읽어주는 독자는 남편이다. 처음에는 좀 쑥스럽기도 했는데 은근히 좋아한다. 매일 무슨 글 썼느냐며 물어보고 나름 평가도 한다. 반응이 신통치 않으면 당연히 내 입에서는 "당신이 글에 대해서 뭘 알아?" 하고 볼멘소리가 나오기 십상이다. 그래도 싫지 않다. 어쨌든 시시한 글도 읽어주는 유일한 독자니까.

글쓰기를 하면서 남편과 나는 작지만 둘만의 프로젝트를 시작했다. 결혼 10주년이 되는 2020년이 저물어가는 연말부터 그림일기를 쓰고 있다. 그림에 소질이 없는 나 대신 남편이 그림을 그리고 나는 남편이 그린 그림에 글을 쓴다. 특별한 날을 기억하는 것보다 소소한 일상을 기억하고 싶다. 5년이 될지 10년이 될지는 모르겠지만 언젠가는 그림책으로 엮어서 한 권의 책으로 펴내면 좋겠다. 즐거운 상상이 현실이 될 수 있도록 지치지 않고 글을 쓰고 싶다. 아직 해가 뜨지 않은 새벽에 환한 불을 켜기 위해 스위치를 누르는 것처럼 고요한 아침에 '사각사각' 하는 소리를 내며 연필로 글을 쓰는 일은 내 마음에 형광등을 탁 켜는 일처럼 느껴진다. 글을 쓰고 있으면 내 마음의 구석구석을 살피게 되고 환해진다. 평범한 일상이 특별해지고 내 마음을 세심하게 다듬는 글쓰기를 평생의 동반자로 삼으려 한다.

02

김
정
옥

암과 투병하던 중에
인문학 다이어트를 만나
자신을 사랑하고
비로소 '지금'을 사는 여자

'나'를 만나다

어떤 끌림이 있었던 것은 아닐까.

2019년 늦은 여름 어느 날 '문 작가의 카페'라는 제목의 블로그를 만났다. 검색을 하다가 우연히 블로그를 만났고 블로그 글을 읽으며 나는 마음이 움직였다. 이미 글을 쓰고 계시고 『인문학 다이어트』라는 책을 내신 작가님이 주인장이었다. 도대체 어떤 분일까 하는 궁금함 때문에 바로 작가님의 책을 주문하고, 카페에서 열리는 작가 강연회에도 참가를 신청했다. 심지어 집에서 멀지 않은 곳에 오프라인 카페가 있었다니. 나는 모르고 있었지만 이미 많은 사람이 참여하고 있었다. 그렇게 나는 '인문학 다이어트'와 만났다. 우연히 필연이 되는 순간이었다.

2018년 12월, 갑작스러운 복통으로 한 해를 마무리할 새 없이 대학병원 응급실을 드나들었다. 그 후 2019년 1월 7일, 나는 서늘

한 공기에 소름이 돋는 차가운 수술대 위에 누웠다. 40년이 넘는 내 생애에서 최대 고비를 맞았다. 두근대는 새해를 꿈꾸고 계획할 여유조차 없었다. 지금은 기억나지 않는 수술대 위 천장에 적혀 있던 성경 구절을 읽고 또 읽으며 무사히 눈 뜰 수 있기를 얼마나 간절히 기도했던가. 4시간여에 걸친 수술 끝에 나는 암 환자가 되었다.

꼬박꼬박 받아오던 건강검진에서조차 걸러내지 못한 난소암이었다. 부인과 질환 중에서 예후가 좋지 않기로 유명한 암이었다. 조직검사 결과를 알려주는 담당 주치의는 안타까운 눈빛으로 잔인한 말을 쏟아냈다. 재발률이 몇 퍼센트인지. 완치율이 몇 퍼센트인지 난소암 중에서도 희귀한 무슨 세포 종인지를 차근차근 차분하게 설명해 주었다. 함께 이 자리에 와 주지 못하고 혼자 이런 말을 듣게 한 남편 또한 얼마나 원망스럽던지.

집을 향해 달려가는 택시 안은 창밖 풍경과는 다른 차원의 공간이었다. 건강한 몸이라고 자신했는데 갑작스레 응급수술하고 암 환자가 되었으니 처음의 그 당황스러움은 말로 다 표현할 수가 없다. 게다가 '암'이라는 병과 연관되는 단어는 '죽음'이다. '암 = 죽음'이라는 공식. 암이라는 단어와 죽음은 나에게 멀고 먼 다른 나라의 뉴스 같은 것이라 여겨왔는데 '앞으로 나에게 주어진 시간이 생각한 것보다 짧을 수도 있겠다' 하는 생각에 제대로 뒤통수 한 대를 맞은 것처럼 뇌 회로가 일시 정지되는 느낌이 들었다. 당황스러움과 함께 고약한 암세포 때문에 내어주어야 했던 것도 많았다. 생명에 지장이 없는 자궁을 포함한 장기들은 물론 내 온몸의 털이란 털은 모두 내어주었다. 모나리자만 봐도 눈썹이 없다는 것은 얼마나 어색하고 웃기는 일인가. X-ray를 쬐으며 지금까지도 눈썹이 있었다, 아니 처음부터 없었다며 논쟁을 하는 것만 봐도 그렇다. 항암제로 인해 머리카락 한 올 남지 않은 문어 같은 머리와 창백하다 못해 푸르스름한 얼굴색을 마주한다는 건 내가 암 환자라는 사실보다 더 충격적이었다. 도대체 이 머리카락은 자라기나 하는 것인지, 여기가 눈썹이 있던 자리가 맞는 것인지 거울 속에는 낯선 이가 있었다.

어두운 터널에 갇힌 것만 같았다. 당장 발 밑에 무엇이 있는지 모르는, 그래서 더 두렵고 끝이 보이지 않는 터널 속에서 헤매고 있는 기분이었다. 그 시간 속에서 '문 작가의 카페'를 만나고 '인문학 다이어트'를 만났다. 그리고 내 마음을 그대로 옮겨 적은 듯한 작가님의 글도 만났다.

터널 속에 있으면 깜깜하다. 그때의 내 상황이 딱 터널 속으로 막 진입한 것과 같았다. 언제 끝날지 모르는 터널 말이다. 깜깜한 저 멀리 바깥세상의 불빛이 보이긴 하지만 그건 지금 내가 있는 곳과는 너무 멀어 보였다. 그 불빛으로 다가가기 위해서는 어쨌든 뚜벅뚜벅 걸어 나가야 했다. 이 어둡고 습한 길이 얼마나 길지 과연 내가 저 한 줄기 빛이 보이는 세상 밖으로 나갈 수 있을지 아무것도 알 수 없었다. 하지만 반짝이는 빛을 보고 정신을 차려야 했다. 그렇게 책은 내게로 와 주었다.

『인문학 다이어트』(문현정)

내 병이 주는 무게감에 짓눌려 어둠 속에서 한참을 팔을 휘저으며 허우적댔다. 두 아이를 보며 힘을 내기로 했다. 저 두 녀석이 자기 앞가림을 할 수 있을 때까지는 내가 꼭 품어 주어야지. 두 아이가 집에 없을 때는 아이들 사진을 들여다보며 웃었다. 억지로 웃고 웃다 보니 웃겨서 웃었다. 그러면서 깨달은 건 내 삶은 나 혼자만의 것이 아니라는 것. 눈에 넣어도 아프지 않은 두 아이가 있고, 남편이 있고, 막내딸 걱정하실 홀로 계시는 아버지와 형제자매가 있었다. 나를 위해서 가족들을 위해서 용기를 내 한 걸음씩 나아가기로 했다. 중심을 잃더라도 터널 끝 빛을 향해 묵묵히 걸어 나가기로 했다.

그럼 당장 내가 할 수 있는 것, 하고 싶은 것은 무엇일까 생각했다. '인문학 다이어트'는 이런 나를 어떤 인력으로 끌어당겨 주었고 한 걸음을 뗄 수 있도록 해 주었다. 읽고 걷고 생각하고 쓰면서 그 가치와 효과를 스스로 경험하며 깨어날 수 있도록 도와주는 프로그램이었다. 그리고 그것을 아낌없이 나누어 주려는 문 작가님이 있었다.

2020년 1년 동안 프로그램에 참여하며 여러 권의 책을 읽었다. 이제까지와는 전혀 다른 방식의 책 읽기였다. 많이 읽지는 않아도 나름 꾸준히 책을 읽어 왔다고 자신했는데 지금까지 책 읽기는 생각이라는 것도 없고 필요도 없는 그저 말 그대로 텍스트를 읽는 것에 그쳤다는 사실이다. 책을 선정하는 기준은 베스트셀러였다. 남이 주로 읽는 책이 나의 선정 기준이었던 셈이다. 나도 읽었다고 말할 수 있고 제목을 들먹이며 아는 체할 수 있는 그런 책 말이다. 책을 굳이 사지 않더라도 온라인 서점을 기웃거리며 인기 순위를 살폈다. 이런 나에게 인문학 다이어트는 아는 체하기 위한 책 읽기와 읽어 낸 결과에만 만족한 책 읽기였음을 꼬집어 주었다.

우선 매일 책을 읽고 그것을 음미하며 내 생각을 적는 과제를 수행해야 하는 일은 쉬운 일이 아니었다. 엉덩이를 붙이고 앉아 있는 일부터 쉽지 않았다. "전신마취의 부작용 탓일 거야." 스스로 위로해 보지만 그 탓만은 아닐 것이다. 한두 줄 읽다 보면 생각은 저 멀리 달아나 있기 일쑤였고 그러니 책 한 장을 읽는 데는 많은 시간이 걸렸다. 글자를 읽었으나 어떤 내용이었는지 이해도 잘되지 않았다. 마음이 딴 데 가 있으니 당연한 일일 것이다. 마음이 콩밭에 가 있는 나는, 지금의 나를 있는 그대로 받아들였다. 머리로는 생각하고 있었지만, 아직 마음으로는 제대로 받아들이지 못하고 있었다. 암 환자가 되기 전과 그 이후의 일상은 너무나 달라져 있던 까닭이었다. 나름 인정받으며 누구보다 많은 애정을 쏟았던 일을 그만두었고 그에 따른 상실감과 암의 재발과 전이라는 두려움이 마음 한구석을 어둡게 물들이고 있었다.

자꾸만 가라앉는 마음을 추스르기 위해 집을 벗어나야 했다. 책을 들고 사람이 많이 드나들지 않는 조용한 카페를 찾았다. 집보다는 훨씬 나았다. 허브차를 홀짝이며 창 밖만 멍하게 바라보다 돌아왔다. 수술과 항암 치료로 지친 몸을 달래기 위해 매일 운동 삼아 걷던 수목원에 책을 들고 갔다. 따뜻한 햇볕에 앉아 볕을 쪼이며 읽기도 하고 소나무 숲에 앉아 책을 읽기도 했다. 자연이 주는 에너지의 힘은 강했다. 소나무 숲에서 눈을 감고 피톤치드 마시며 솔잎 사이로 부는 바람을 느꼈다.

그러기를 여러 날, 어느 날 방금 읽었던 책의 내용이 머릿속에서 맴돌았다. 텀블러를 꺼내 차 한 모금 마시고 가방 속에 있는 다이어리를 꺼내 내 마음을 적어 내려갔다. 문득 마음 가득 어떤 기쁨과 행복함이 차올랐다. 쏙쏙 머릿속으로 빨려들 듯 읽히는 책이 그렇게 재미있을 수 없었다. 햇볕에 앉아, 소나무 숲에 앉아 책을 읽는 일이 많아지며 신기하게도 읽는 재미라는 것이 이런 것이구나 하는 생각이 들었다. 집에 있으면 소나무 숲에 앉아 책을 읽고 싶은 마음에 조급증이 생기기도 했다.

이렇게 꼬박꼬박 읽어나가다 보니 읽어내는 힘이 붙었음은 말할 것도 없다. 읽어내기 위해 노력하는 과정에서 몸과 마음의 힘도 함께 키워졌다. 따뜻한 햇볕에 불안하고 어두운 마음이 녹고 그 자리에는 따뜻한 햇볕의 황금빛 기운과 상쾌한 솔향이 가득 채워졌다. 몸과 마음의 힘이 키워지니 엉덩이를 바닥에 붙이고 앉아 책을 읽는 시간이 늘어나는 선순환이 일어났다. 이제는 집에서 책을 읽어도 긴 시간 마음이 콩 밭에 가 있지 않다. 글이 더 잘 읽히는 것은 말할 것도 없다. 잘 읽히니 읽고 생각하는 시간도 늘어났다. 생각하는 시간이 늘어나니 책이라는 것을 후딱 읽어 치우는 지금까지의 읽기 방식에서 벗어나 천천히 되씹게 되었다. '왜?'라는 의문이 생겼다. 지금까지는 경험해 보지 못한 것이었다. 이 책의 저자가 왜 이런 생각을 했는지 궁금해져서 책의 저자와 관련한 자료를 인터넷에서 검색해서 찾아보기도 하고, 저자의 다른 책을 읽어보기 위해 책을 사기도 했다. 책의 저자가 쓴 글은 전문성이 있는 사람이 쓴 글이니 의심 없이 받아들였던 과거와 다르게 말이다. 글에 등장한 영화나 음악도 궁금해져 찾아서 보았고 들었다. 물론 글쓴이와 같은 느낌이 떠오르지는 않았다. 괜찮다. 나는 나니까.

소설을 읽을 때는 등장인물의 감정에 이입해 나라면 어떻게 했을까를 생각해 보며 안타까워하고, 주인공이 지금 서 있는 장소를 머릿속에 그려보며 내가 서 있는 상상을 하기도 했다. 그리고 노트에 짧게라도 내 마음을 남겼다.

신기한 것은 책을 읽으며 의문과 질문이 생겼고, 그 의문과 질문에 답을 찾아 나가려 하면 할수록 한 번도 제대로 고민해 보지 않았던 나 스스로에 대한 의문과 질문도 함께 생겼다는 것이다. '내 삶에서 가장 중요한 것은 무엇인가?', '나에게 찾아온 암은 어떤 의미일까?', '나는 지금 무엇을 해야 하는가?' 하는 것들 말이다.

무엇보다 지금 당장 손에 쥔 뜨거운 불인 내 생명과 직결된 암을 떨치고 싶었다. 암은 결과물이고 원인이 아니라는 사실. 그렇다면 분명 암에 이르게 된 원인이 있을 것이고 그 원인을 없애야만 결과물인 암에서 벗어날 수 있다는 생각을 얻었다. 암세포가 무한증식해 의학적으로 자신의 존재를 드러내기까지는 시간이 걸린다고 한다. 그동안 내 몸의 면역세포는 무엇을 하고 있었다는 말인가? 누구도 아닌 나 자신이 면역세포가 제대로 힘을 발휘할 수 없는, 건강성이 무너진 환경을 만들었다는 사실에 자책과 후회가 남는다.

그렇다면 건강성이 무너질 수밖에 없는 지금까지 살아온 방식대로 살아서는 안 된다. 몸에 무리가 가고 스트레스에 찌든 생활방식에서 벗어나야 한다. 세상 사람들이 말하는 기준과 명예에 발맞추기 위해 아등바등 살던 생활방식에서 벗어나야 함은 물론이다. 결국 내 삶에서 가장 중요한 것은 나를 돌보는 것, 나를 위해 사는 것, 나를 아끼고 사랑하는 것, 세상이 정한 기준이 아닌 내가 정한 기준대로 사는 것이다. 내가 지금 무엇을 해야 하는지에 대한 답이기도 하다.

조금씩 더 건강해지기 위해 나만의 건강 수칙을 정한 후 그걸 지켜 나갔다. 건강하고 맛있는 음식을 먹기 위해 신선한 음식 재료를 직접 사러 간다. 이렇게 몸을 움직이는 것 또한 운동이다. 장 봐온 음식 재료로 맛있는 음식을 만들어 꼭꼭 씹어 그 맛을 느끼며 먹는다. 이 음식 재료가 내 식탁에 오르기까지 많은 사람이 쏟아부은 노력에 감사한다. 몸을 움직여 온몸의 세포들을 깨우기 위해 집 근처 수목원 숲을 걷고 산책을 한다. 소나무 숲에서 눈을 감고 앉아 피톤치드 마시고 솔잎 새 스치는 바람을 느끼며 내가 지금 여기에 살아 있음을 느낀다. 어디를 가든 따뜻한 꽃차를 챙기고 읽던 책을 꺼낸다. 이 루틴 속에서 읽는 즐거움 또한 빠지지 않는다.

사소한 것도 특별해지다

나는 신은 존재하지 않는다고 생각했다. 신이 있다면 나에게 왜 이렇게 힘든 시련을 주신다는 말인가. 남에게 해코지한 적도, 교통 법규 어겨본 적도 없고 너무나 평범하게 두 아이의 엄마로 직장인 으로 열심히 살아왔는데…. 현실감 없이 꿈에서 깨어나지 못하고 있는 것만 같았다. 깨어나지 못하면 어떡하지? 꿈인지 알고도 무 서웠던 언젠가의 꿈처럼, 나는 아직 그 꿈에서 헤매고 있는 느낌이 었다. 내가 암 환자라는 사실은 그 자체로 견디기 힘든 고통이었 다. 멀고 먼 시간이 지난 이후에나 만나게 될 '죽음'이라는 단어가 당장 내 눈앞에 있다는 마음의 고통은 내 몸의 에너지와 감각을 바 닥으로 떨어뜨렸다. 겨우 한 숟갈 떠넣은 밥이 모래 알갱이로 변하 는 마법을 부렸고, 잠자리에 누워 있어도 잠자리에 쉽게 들지 못해 숙면을 도와준다는 음악을 들으며 밤을 보내야 했다.

수술 직후에 의료진이 내린 처방은 무조건 걷기였다. 몸을 움직여 몸을 깨우는 방법. 수술로 인해 자극받은 장기들이 제자리를 잡고 그래야만 각각의 제 할 일을 다시 찾아간다는 것이었다. 무엇보다 수술 전후의 금식으로 인해 제대로 역할을 하지 못했던 소화기관을 회복시키는 게 급선무다. 기계도 움직이려면 동력 에너지가 필요하듯 사람도 몸을 움직이고 생각을 하는 등 가장 기본적인 생체 활동을 하려면 에너지가 필요하다. 에너지를 공급하려면 음식을 먹어야 하는데 이 음식을 먹으려면 내 몸의 소화기관이 제대로 작동해야 한다. 소화기관이 정상적으로 움직이고 제자리로 돌아가고 있다는 것을 증명하는 것이 방귀다. 눈치 없이 아무 때고 나오던 방귀를 얼마나 기다리고 기다렸는지 모른다.

의료진의 처방대로 동요에 나오는 꼬부랑 할머니처럼 제대로 펴지지 않는 허리를 구부정하게 구부리고, 바퀴 달린 링거 걸이대를 지팡이 삼아 온몸을 의지한 채 한 걸음씩 걸음마를 연습했다. 걸음마를 배우는 돌쟁이 아기들은 이런 마음일까 하는 얼토당토않은 생각을 하며 1m 걷고 쉬기를 반복했다. 뱃속이 꾸물꾸물 요동을 치지만 쉽사리 방귀가 나오지 않았다. 방귀가 나오지 않기에 물 한 모금도 허락되지 않았다. 당시 각자 비슷한 부인과 수술을 받고 입원해 있던 같은 병실 환자들 사이에서 최고의 관심사는 방귀가 언제 나오는가였다. 서로 안부 인사처럼 방귀가 나왔는지를 물었다. 방귀가 나온 환자에게 아낌없이 박수를 보내주었고 아직 방귀가 나오지 못한 나에게는 열심히 걸으라는 격려의 말을 건네 주었다. 구부정한 허리로 입원 병동 복도를 왕복하며 열심히 걸었던 덕분인지 삼 일째 되던 날 오후에 내 침대로 돌아와 누우려던 찰나 슬며시 방귀가 나왔다. 나를 간호해주던 간병인 여사님은 번개처럼 의료진 데스크로 달려가 방귀 소식을 전하고 물 한 모금 마셔도 된다는 기쁜 소식을 나에게 전해주셨다. 꿀맛은 이럴 때 쓰라고 만들어낸 단어일 것이다. 달디단 한 모금의 물은 지금껏 한 번도 느껴보지 못한 이 세상의 맛이 아니었다. 나는 병실 침대보다 복도에서 보낸 시간이 더 길었다. 쉬었다 싶으면 나가 걸었기에 그렇게 몸을 깨우는 걷기를 병동에서 나보다 더 열심히 하는 사람은 없었다.

수술 후 내 몸에서 떼어낸 종양과 그 주변 장기와 조직에서 떼어낸 세포로 조직검사 결과가 나오자 몸이 회복되는 대로 이어서 세포독성 항암치료가 결정되었다. 환자인 나에게는 선택할 수 있는 것이 없었다. 수술에 이은 항암치료는 당연히 이어진 치료 순서였고 무엇이든 최악의 상황부터 시작되는 주치의의 설명은 무시무시했다. 암은 죽음에 가까운 병이라는 일반 상식을 강조하는 주치의의 그 한마디는 생명을 쥐락펴락하는 그 어떤 막강한 힘을 가진 존재처럼 느껴졌다. 이는 환자들이 의료진에게 매달리는 이유다. CT 검사 등 의학적 검사에서는 더는 내 몸에 종양이 보이지는 않았지만, 몸속 어딘가에 남겨져 있을지 모르는 보이지 않는 미세 암세포를 없애기 위한 보조적 암 치료였다. 세포독성 항암치료는 내 몸에 독성물질을 혈관으로 들여보내는 것이다. 빠르게 증식하는 암세포의 특성을 이용하는, 대표적인 암 치료 방법이다. 암세포만 죽으면 좋겠지만 세포독성 항암제는 암세포와 정상세포를 구분하지 못한다. 빠르게 증식하는 모든 세포가 타격을 입고 죽어 나간다. 대표적으로 머리카락과 같은 모낭세포다. 내가 절망했던…. 머리카락이 빠지고 콧속의 털마저 빠진다. 즉, 몸의 털이란 털은 다 빠진다. 소화기관의 점막 세포가 손상을 받기에 소화도 안 되고 변비 또는 설사가 나타난다. 또한 조혈세포도 치명타를 입는 까닭에 면역이 더없이 중요한 시점에서 면역을 책임지는 백혈구에서 적혈구, 혈소판까지 그 수치가 바닥을 친다.

그래서 항암치료로 인해 발병한 폐렴, 패혈증으로 힘겨운 상황을 맞는 환자도 많다. 먹는 음식은 감염을 예방하기 위해 날 것은 당연히 금지이고, 삶고 데쳐 익혀 먹거나 철저히 씻고 씻어 소독해야 한다. 환자의 손을 거치는 모든 것은 소독에 힘써야 한다. 공기도 물론이다. 사람이 많은 곳에 가는 것도 안 되고, 밤낮을 가리지 않고 마스크와 한 몸이 되어야 한다. 요즘 말로 웃픈 이야기이지만 치료 과정에서 마스크와 오래 함께하다 보니 익숙해져 있어 코로나19 방역 마스크를 착용하는 것도 그다지 힘들지 않다. 사람들은 이러한 것들을 항암치료의 부작용이라 표현하지만, 사실 세포독성 항암제의 당연한 작용이다.

이러한 과정에서 몸을 움직이고 걷는다는 것은 나에게는 또 다른 도전이었다. 독한 세포 독성 항암제가 몸에 들어가는 횟수가 누적될수록 온몸의 세포가 공격받아 손 끝, 발 끝의 말단 신경세포가 타격을 받으니 전기가 찌릿찌릿 통하듯 저리고 감각이 점점 무뎌졌다. 떨어뜨려 깨진 컵과 그릇이 몇 개인지 세기도 어렵다. 근육통과 함께 걷는 감각이 무뎌진 것은 말할 것도 없기에 몸이 제대로 중심을 잡지 못하고 휘청휘청했다. 입맛이 없어 제대로 먹지 못했기에 더욱 그랬다. 내가 제대로 움직이며 걷고 있기나 하는지 내몸과 팔다리가 어색하기만 했다. 설상가상 수술로 복부 주변 림프가 절제되어 하체로 이어지는 림프순환이 원활하지 않아 다리가 부었다. 의료용 압박 스타킹을 신고 항암제로 찌든 몸의 회복을 위해 걸어야 했다. 끊임없이 몸을 움직여 가라앉는 내 몸을 깨우고 일으켜 세워야 했다. 몸과 마음은 함께이다. 몸이 가라앉으니 마음도 깊은 바다 아래로 함께 끝없이 가라앉았다.

몸의 불편한 감각과 불안, 두려움은 함께였다. '그동안 나는 내몸 안에서 일어나고 있는 일을 왜 몰랐을까' 하는 자책감과 후회가 밀려왔다. 미리 알았더라면 이런 몸과 마음의 고통은 덜하지 않았을까? 스트레스 때문에 나타난 것들이라 생각했는데 알고 보니 난소암 자각증상이어서 나 자신에게 화가 났다. 주변에서의 위로는 나를 더욱 힘들게 했다. 이렇게 의료가 발달한 세상에 살면서 자신의 몸도 돌보지 못한 무능한 사람으로 몰아가는 것 같았다. 그 누구도 아닌 내가 몸이 보내는 신호를 무시하고 스스로 몸을 혹사하며 살았다는 사실에 어느 것도 위로가 되지 않았다. 암 환자들이 겪는다는 여러 단계의 심리 작용을 나 또한 겪고 있었다.

처음에는 아파트 1층 현관을 걸어 나가는 그것조차 쉽지 않았다. 겨우 화단에 앉아 잠시 햇볕을 쬐며 심호흡을 하고 돌아왔다. 항암제의 독성이 좀 빠져나가고 나니 거짓말처럼 컨디션이 조금씩 돌아왔다. 몸을 움직여 몸을 깨우고 에너지를 모을 수 있다는 것을 알기에 걸어야 했다. 과일과 채소, 고구마 등 간식 도시락과 따뜻한 물을 챙겨 집에서 가까운 수목원으로 향했다. 살이 빠지면서 근육도 함께 빠지니 근력이 없는 것은 물론 체력 또한 형편없었다. 10분을 걷는 것이 힘들어 쉬고 걷기를 반복했다. 아무것도 눈에 들어오지 않았고 들려오지 않았다. 지금 이 불편한 몸을 회복하고 싶었고 불안을 잠재우고 두려움을 떨쳐 버리고 싶을 뿐이었다. 챙겨간 도시락을 먹으며 수목원에서 하루의 대부분 시간을 보냈다. 힘들면 벤치에 누워 하늘을 바라보며 햇볕 아래 몸을 맡겼다.

그리고는 주문을 외웠다.

"나는 날마다 조금씩 모든 것이 좋아지고 있어!"

신기한 일이었다. 걸으면 걸을수록, 움직이면 움직일수록 혼란스러운 마음과 불안감이 점차 덜어지며 비워지는 느낌이었다. 걷다가 힘들면 햇볕이 잘 드는 곳에 앉아 눈을 감고 음악을 듣기도 하고 바람 소리, 새 소리를 들었다. 멈추면 그대로 침몰할 것 같은 마음을 추스르며 앞만 보며 걷던 것에서 벗어나 조금씩 주변이 눈에 들어왔다. 그즈음 어느 날 인문학 다이어트는 나에게 다가왔다. 반가웠다. 매일 꾸준히 읽고 걷고 생각하고 쓴다는 것은 쉬운 일이 아니기에 부담감도 있었지만, 무엇보다 매일 걷기에는 자신감이 있었기에 용기를 냈다.

인문학 다이어트를 시작하며 작은 도전도 함께 계획했다. 걷기뿐만 아니라 산을 오르는 것이었다. 지금은 동네 주변 산 여러 곳을 쉽게 오르고 있지만, 처음에는 수목원과 이어져 있는 천수봉에 올랐다. 그 봉우리의 높이는 200m가 채 되지 않는다. 정상에 오르면 천수를 누린다는 이야기를 들은 적이 있었다. '그래, 천수를 한번 누려보자.' 웃으며 시작했지만 내 체력으로는 쉽지 않았다. 10m 정도 걷다 쉬고 오르다 쉬기를 반복하며 정상에 도착했을 때의 감격을 어찌 말로 표현할 수 있을까! 몸에 열이 오르고 등줄기에 촉촉한 땀이 흘러서 정말 좋았다. 일주일에 3일은 천수봉 정상에 올라 그곳의 벤치에 앉아 개운함과 시원함을 느끼며 햇볕 아래에서 마음껏 시간을 보냈다. 서서히 체력은 탄력이 붙었고 다리의 힘도 붙었다. 내 몸의 리듬에 맞춰 천천히 여러 번 쉬지 않고, 한 번만 쉬고도 오를 수 있을 정도가 되었다. 문득 이렇게 천수봉을 오르면 폐활량은 물론 몸의 순환이 잘되고 체력과 하체에 근력이 키워지니 천수를 누릴 수밖에 없겠다는 생각에 피식 웃음이 났다. 꾸준히 행동으로 옮기지 않으면 얻지 못한다는 것은 단순하지만 진리였다.

걷기의 꽃인 맨발 걷기도 시작했다. 발이 늘 신발 속에 갇혀 있었기에 처음에는 흙길 위에서 몇 걸음 옮기기도 힘들었다. 따갑고 아프고 한발 한발 디딜 때마다 매우 조심해야 했다. 차츰 흙과 만나는 발바닥의 감촉을 느끼며 걷다 보니 내 몸이 느끼는 감각에 더욱 많은 주의를 기울이게 되었다. 발바닥에 닿는 흙이 주는 시원함, 피부를 스치는 바람결을 느끼고 햇볕이 주는 따스함에 온몸을 맡기는 즐거움, 나무 위 새 소리에 작은 흥분에 빠졌다. 길가의 작은 돌 틈에 핀 노란 민들레의 사랑스러움에 웃고, 매일매일 달라지는 하늘색과 공기, 싹이 돋고 꽃이 피는 나무들의 변화가 주는 감동에 눈물이 날 정도였다. 아무렇지도 않게 지나치던 사소한 것들이 더는 사소하지 않았다. 의미는 내가 찾는 것이 아니라 내가 주는 것이라고 했다. 이는 나와 함께하는 것들이 특별해지는 이유였다. 맨발 걷기는 누구도 아닌 나에게 더욱 집중하게 해주었다.

몸이 가는 곳에 마음이 가고 마음이 가는 곳에 몸이 간다고 한다. 몸이 가 있는 곳에 집중하며 마음의 안정과 행복을 얻고, 마음이 가 있는 곳에 집중하며 몸이 보내는 신호에 주의를 기울이게 되었다. 매일 몸을 움직이며 걷는 즐거움과 감사를 얻었다. 매일 걸으며 나를 아끼고 사랑하는 방법을 스스로 깨우치게 되었다. 나를 아끼고 사랑하는 방법을 알게 되니 먹는 음식도 생활 습관도 나를 위한 것들로 채워지는 것은 당연한 일이었다.

몸과 마음의 체력과 건강성을 다시 차곡차곡 쌓으며 자신감이 생겼고, 새로운 일을 시작할 힘을 얻었다. 다시금 일을 시작하며 시간적인 여유는 줄어 수목원에 매일 가기는 힘들어졌지만, 시간을 쪼개 산을 가고 소나무 숲길을 걷는다. 그리고 나는 오늘도 걷는다. 제일 좋아하는 신발은 운동화가 되었고 여러 켤레의 운동화 중에서 내 기분에 따라 운동화를 골라 신는 재미를 누리고 있다. 엘리베이터보다는 계단을 오르내리고, 잠깐씩 일을 보러 나갈 때는 운전하기보다는 길거리를 구경하는 재미로 걸어 다닌다. 마트에 장을 보러 갈 때도 장바구니를 들고 걸어간다. 장을 본 물건들을 들고 걸어와야 하니 꼭 필요한 것만 사고 충동구매를 하지 않는다는 장점도 있다.

나는 이제 신을 믿는다. 종교적인 그 어떤 신은 아니다. 온 우주를 움직이고 나를 이 세상에 태어나게 한 신의 큰 그림이 있었기에 나에게 암이라는 선물을 주셨다. 신은 내 삶을 전면적으로 바꿀 수 있는 기회를 선물로 주셨다. 지금까지 살던 대로 살지 말라는 경고를 제대로 하셨다. 그리고 나는 그 경고를 온몸과 마음으로 받아들이고 있다.

주연은 나!

"엄마~!"

둘째 딸이 소리를 버럭 지른다.

"응, 그래 왜?"

　몇 번이나 불렀는데 내가 알아듣지 못해 급기야 소리를 냅다 지른 모양이었다. 휴대전화에 전화가 걸려 왔는데 내가 받지 않으니 알려주려고 했단다. 진동모드로 돼 있어 알아차리지 못했나 보다. 전화를 받으려고 하니 전화는 끊겼다. 이미 부재중 전화가 여러 번 들어와 있었고, 문자 메시지도 여러 개가 와있었다.

"뭐 한다고 연락이 안 되노?"

통화 버튼을 누르니 남편도 버럭 한다. 부탁할 일이 있어 전화했
는데 통화도 안 되고 문자 메시지 답도 없어 걱정했다며 타박이었
다. 식탁 내 자리에 앉아 책을 읽던 나는 내 시간과 세상 속에서 있
느라 다른 소리를 듣지 못했다.

인문학 다이어트 과제의 하나인 책을 읽다가 이 한 문장에 꽂혀
서…. '개혁은 미래의 관점에서 현재를 볼 때 가능하다.' 『익숙한 것
과의 결별』의 한 문장이 한참 동안 책을 읽던 나를 멈추게
했다. '지금까지와는 다른 삶을 살고 싶다.', '그럼 나는 나를 어떻
게 새롭게 뜯어고칠 수 있을까?', '무엇을 새롭게 고치고 싶은가?',
'나의 현재는 어떤 모습인가?', '미래에서 지금의 나를 본다면 나는
어떤 말을 해주고 싶을까?' 하는 질문들이 꼬리를 물고 생겨서였
다. 책 읽기 진도는 더는 나아가지 못하고 내내 이 질문들이 머릿
속을 맴돌았다.

나는 아직 '암'이라는 상처에서 제대로 벗어나지 못하고 있었다.
몸의 후유증도 남아 있다. 암 덩어리를 떼어내 없애버리는 수술과
항암치료 덕분에 남들보다 빨리 갱년기 증상을 겪고 있었다. 아침
에 잠자리에서 일어날 때는 손가락 마디마디가 잘 구부려지지 않
고, 앉았다 일어날 때는 몸이 무거워 생전의 우리 엄마처럼 '아구
구' 하는 소리가 저절로 나왔다. 손발의 저림과 림프절제로 인해

늘 조심해야 하는 하체 부종의 염려도 남았다. 진단과 치료의 과정에서 입은 마음의 상처와 몸의 상처에서 벗어나고 싶었다. 생각도 하기 싫은 마음과 몸의 상처를, 같은 일을 반복해서는 안 된다. 나는 바뀌어야 하고 바꿔나가야 했다.

과거의 내가 건강성이 무너진 현재의 나를 만들었듯 현재의 내가 미래의 나를 만든다. 과거를 반성하지 않고는 현재의 나를 변화시킬 수도 없다. '건강성이 무너진 나'가 '건강성의 회복'이라는 미래를 바꿀 수도 없다. 구본형 작가의 말대로 '자기 혁명'을 끌어낼 수 없는 것이다.

이 세상에 원인 없는 결과는 존재하지 않는다. 암이라는 결과는 내가 지금까지 어떻게 살아왔는지를 알려 주는 '거울'이다. 암의 근본적인 원인을 찾아 없애지 않으면 모든 치료는 미봉책에 불과하다.

2020년 1월, 코로나19가 창궐한 이후 나는 사람이 많은 장소에 가지 않는 것과 같은 내가 당장 할 수 있는 일부터 실천했다. 코로나19가 발생하면서 나의 가족은 걱정이 한 가지 더 늘었다. 내가 암 투병 중이었기 때문이다. 기저질환자는 코로나19에 더 취약하다고 생각하기 때문이리라.

하지만 나는 두려운 마음보다 감사한 마음이 더 컸다. 두 아이가 어렸을 때는 함께 지내는 시간이 무척 많았지만, 아이들이 학교에 다니고 나도 일을 하게 되면서 서로 얼굴 볼 시간이 많지 않았는데, 코로나19 덕분(?)에 온종일 함께 지낼 수 있게 됐기 때문이다.

코로나19 이전에는 바쁘다는 핑계로 두 아이의 식사를 배달 음식으로 해결한 적이 많았지만, 집에서 지내는 시간이 많아지면서 내가 직접 사 온 음식 재료로 밥을 해서 먹일 수 있게 됐고, 아이들이 집에서 온라인으로 원격 수업을 하게 되니 아이들이 평소 무엇을, 어떻게 공부하는지도 알게 됐다.

마스크를 하고 손 소독제를 챙긴 후 비록 잠깐이긴 했지만 아이들과 함께 매일 집 주변을 산책했다. 수목원도 걸었다. 아이들은 산책을 하면서 좋아하는 가수에 관한 이야기, 수학 문제가 어려워 힘들었던 이야기, 영어 학원의 단어 시험을 통과하지 못해 집에 늦게 귀가한 이야기 등을 끊임없이 쏟아냈다. 나와 아이들은 모두 즐겁고 행복했다. 코로나19는 이처럼 평소 아무렇지 않게 누려온 일상의 소중함을 깨닫게 해 주는 계기가 됐다.

코로나19 밀접 접촉자로 판명돼 선별 검사소에서 검사를 하게 됐을 때도 머릿속에는 온통 '격리 기간에 아이들과 어떻게 시간을 보낼까?'라는 생각뿐이었다. 다만 한 가지 아쉬웠던 점은 공간적인 제약으로 집 밖으로 나가지 못한다는 것이었다. '이미 벌어진 일이니 따뜻한 차나 마시며 책이라도 마음껏 읽자.'라고 생각하고 책장을 넘기기 시작했다. 가장 먼저 읽게 된 책은 『인문학 다이어트』(마음세상, 2017)였다. 책을 읽다가 마음에 드는 문장이 눈에 띄면 밑줄을 긋고 그 문장을 몇 번이고 곱씹으며 깊은 생각에 잠기곤 했다.

이 책은 코로나19라는 광풍에 내가 어떻게 대처해야 하는지, 이 상황을 어떠한 시각으로 바라봐야 할 것인지를 깨닫게 해 줬고, 모든 일은 내가 어떤 시각으로 바라보느냐에 달려 있다는 사실도 새삼 알 수 있었다.

내가 암을 경험하게 된 것도 이와 마찬가지다. 암을 어떤 기회로 삼을 것인지는 내 선택에 달려 있다. 나를 버린 신을 원망하여 슬퍼할 것인지, 지금까지 전혀 다른 삶을 살게 될 것인지는 오로지 자신의 몫이다.

사람은 한치 앞을 모르고 살아간다. 1분 후에 어떤 일이 닥칠지 전혀 알 수 없는 것이다. 시간은 누구에게나 똑같이 주어지지만, 단 한 순간도 같은 시간이란 없다. 잘하지 못한 것도, 정답도 없다. '어제보다 조금 나아진 나'가 유일한 비교 대상일 뿐이다. 다른 사람 신경 쓸 필요도 없다.

그 꾸준함의 힘

　내가 처음 인문학 다이어트를 시작하며 쓰기 시작했던 노트를 책꽂이에서 꺼냈다. 노트를 한 장 한 장 넘기면서 과거에 쓴 글을 읽고 있노라니 손발이 오그라들 정도로 부끄럽다. 당시에는 생각도 많고 하고 싶은 말도 많았는데 그것을 어떻게 풀어내야 할지 몰라 막막하기만 했다. 마음과 머리에 일렁이는 감정과 생각을 꺼내 풀어 놓으려니 어설프기 짝이 없다. 노트를 넘길수록 생각을 거듭한 흔적이 보인다. 특히 오랜 시간 생각을 거듭하게 했던 것은 '나는 왜 글을 쓰는가?'라는 질문이었다. 어떤 일이든 '꾸준함'이 중요하다. 자신이 무엇을, 왜, 어떻게 하고 싶은지와 같은 목적이 뚜렷하지 않으면 꾸준히 할 수 없다.

　나는 왜 글을 쓰는가?

　나에게는 일상의 대부분이 변화하게 되는 '결정적인 계기'가 있다. 나의 삶이 이 계기를 기점으로 둘로 나뉜다고 해도 과언이 아니다. 그것은 바로 응급수술과 암 진단 이후의 치료 과정이다. 차가운 수술대에 누웠을 때 느낀 수술실의 서늘함은 경험해 보지 않은 사람은 모른다. 나는 마취를 하기 위해 누워 있던 그 짧은 시간 동안 '이대로 눈을 뜨지 못하는 것은 아닐까?'라는 생각을 했다. 심지어 '죽음'이 나를 내려다보고 있는 느낌마저 들었다.

수술이 무사히 끝나고 통증이 잦아들 즈음, 또다시 위기가 찾아왔다. 지금까지는 직장인으로 살아왔지만, 막상 암 때문에 일을 그만두고 나니 두려움과 상실감이 걷잡을 수 없이 밀려왔다. 심지어 사람이 많이 카페에서 시공간이 분리되는 경험을 해본 적도 있다. 같은 공간에 있는 사람들과 분리되어 주변의 말소리도 잘 들리지 않을 정도로 아득해지는 느낌…. 이런 것이 '공황장애'인가 싶었다. 무조건 걸었다. 주변에 무엇이 있는지, 무슨 소리가 들리는지 옆으로도 시선을 주지 못하고 오직 앞만 보고 걸으며 이 두려움과 불안을 털어내고 싶었다. 누군가가 나를 도와주기를 기다리면서도 누구에게도 도움의 손길을 내밀 수도 없었다. 상담을 받기 위해 병원을 찾아가고도 싶었으나 이 또한 쉽지 않았다. 마음의 상처가 몸의 상처보다 더 힘들게 느껴졌다. 더욱이 가족에겐 내가 어디가 아픈지, 무엇이 염려스러운지, 무엇이 나를 힘들게 하는지 이야기할 수 없었다.

인문학 다이어트를 만난 후에는 매일 걸었고, 글을 읽고 썼다.

나는 글을 써 본 적이 없다. 초등학생 때 글을 써서 최우수상을 받아 본 것이 내 경험의 전부다. 말이 되는지, 안 되는지는 중요하지 않았다. 누군가 내 글을 읽을 수도 있다는 생각도 하지 않았다. 단지 주어진 과제를 빠뜨리지 않고 꾸준히 써 내려갔다. 매일 읽고 쓰는 과정이 재미있게 느껴졌다. 한 가지 신기한 점은 내가 읽고 생각하며 쓰는 글에 '무슨 생각을 하며 살아왔는지', '어떻게 살아야 하는가?', '어떻게 살고 싶은지?'와 같은 질문과 생각들이 담겨 있다는 것이었다. 노트에 적힌 글들은 온전히 '내가 생각하는 나'를 표현하고 있었다. 꾸준함이 쌓일수록 나를 향한 시선이 더욱 따뜻해졌다. 있는 그대로의 나를 한 발짝 떨어진 곳에서 바라보고 있는 느낌이 들었다. '내가 괴로워하는 까닭은 무엇인지?', '나를 기쁘게 하는 것은 무엇인지'를 생각했다.

수목원을 걸으며 바라본 파란 하늘과 맑고 투명한 햇빛에 감동하고, 내가 숨 쉬고 있다는 것에 감사했다. 그동안 아껴 주지 못했던 몸이 보내는 신호에도 귀를 기울이게 되었다. 다리가 아프면 진한 아메리카노를 마셨고, 몸이 지치면 달콤함 초코파이를 먹었다.

나는 지금까지 자신을 위한 삶을 살지 못했다. 이제 밖을 바라보던 시선을 안으로 돌려 나 자신을 따뜻한 시선으로 바라보게 됐다. 나를 아끼고 사랑하게 된 것이다. 매일 읽고 쓰는 꾸준함이 내게 준 선물이었다.

『인문학 다이어트』의 작가에게 들은 대나무 이야기가 떠오른다.

중국에는 '모소 대나무'라는 대나무가 있다. 농부는 이 대나무의 씨앗을 뿌린 후 거름과 물을 주며 정성껏 가꾼다. 겨우 새싹을 틔우지만, 도대체 자랄 기미가 보이질 않는다. 자라지도 않는 싹에 물을 주고 거름을 주며 정성을 다하는 농부를 보며 사람들은 비웃는다. 그것도 그럴 것이 4년 동안 겨우 3cm가량 자란다고 한다. 1년에 1cm도 자라지 못하는 셈이다. 하지만 4년의 세월이 지나 5년째가 되면 깜짝 놀랄 만한 일이 일어난다. 이제까지 죽은 듯 가만히 있던 대나무가 폭발적으로 자라기 시작한다. 하루에 30cm씩 폭풍 성장하며 6주 동안 15m 이상 자라 울창한 대나무 숲을 이루는 것이다.

이 대나무는 4년 동안 3cm 정도 자랐으며 지금은 성장이 멈춘 듯 보인다. 겉으로 보이는 모습은 그렇다. 그러나 땅속뿌리는 주변으로 뻗어나가 끊임없이 성장하며 자신의 기본을 다지고 준비하는 시간을 거친다. 드러나지는 않지만, 준비의 시간이 끝나면 대나무는 폭발적으로 성장하며 자신의 존재를 드러내기 시작한다. 든든한 뿌리가 받쳐주기에 비바람이 몰아쳐도 흔들리지만 쓰러지지 않는다. 빠른 결과를 바랐다면 이 대나무는 높이 자라 숲을 이루지 못했을 것이다. 눈에 보이는 성과는 미미하지만 넓은 뿌리를 키우며 높이 자라 존재감을 드러낼 준비를 하고 견디는 시간이 필요하다는 것을 강조해 주셨다. 꽃을 피우는 순간을 맞을 수 있다고. 준비된 자에게 기회라는 마법이 찾아오고 기회를 알아챌 수 있는 것이라고.

뿌리를 키우기 위해서는 열정도 필요하고 땀과 눈물도 필요하다. 끊임없이 자신을 일깨우며 묵묵히 자신만의 속도로 걸어가는 힘도 필요하다. 이런 의미에서 1만 시간의 법칙은 아주 훌륭한 이론이다. 1만 시간이 되려면 약 10년 동안 매일 3시간씩 투자해야 한다. 길게 호흡해야 하는 인문학 다이어트 프로그램도 쉽지 않다. 꾸준한 연습과 훈련의 시간을 쌓아야 한다. 든든한 뿌리를 내리는 시간을 견뎌야 한다. 작가님의 조언은 단 하나였다. '행동으로 실천하라는 것', 즉 '쓰라는 것'이다. 그래서 그냥 썼다. 잘 써야지가 아니라 노트 면을 채워나간다는 마음으로 나를 써나갔다.

나만의 2021년 프로젝트도 계획하여 실천하고 있다. 몸과 마음이 회복되면서 느슨해진 마음을 다잡기 위해 시작한 일은 건강 일기 쓰기다. 어느 정도 습관이 되어 실천하는 것은 힘들지 않지만 새로운 일을 시작하며 시간적인 여유가 줄어드니 스스로와 타협하는 것이 하나둘씩 생겨났다. 타협이 늘어가다 보면 어느 순간 도미노처럼 지금까지 지켜온 것들이 무너질 수 있다. 과거의 건강성을 해치는 삶으로 돌아가는 일이 생기면 안 되기에 건강성을 튼튼히 쌓는 큰 설계도에서 벗어나지 않는 규칙에서 하루를 계획하고 실천한 내용을 쓴다. 내가 지키고 있는 하루의 루틴을 쓰고 이 루틴이 어떻게 지켜지고 있는지를 쓴다. 건강성 규칙을 어떻게 지키고 있는지도 함께 쓴다. 쓰면서 점검하고 기록을 남기고 있다. 꾸준한 쓰기의 힘을 믿기에 할 수 있는 일이기도 하다. 치유해 나가는 내 역사가 될 것임을 믿는다. 그렇기에 힘든 일을 겪은 친구에게도 쓰기의 힘을 강조하며 내 경험을 나누기도 했다. 내 경험을 듣고 자신의 고통을 눈물과 함께 내 어깨에 쏟아내며 친구는 고맙다고 했다. 자신도 쓰겠노라 했다. 자신의 절절한 얘기를 꺼내놓겠다 했다. 나는 쓰면서 얻은 마음의 치유력을 나눌 수 있는 기쁨도 누렸다.

지금은 쓰기를 마음에 담고 있지 않아도 수목원을 걷거나 출근길 운전을 하다가도, 설거지를 하다가도 갑자기 무언가 마음이 울렁울렁할 때가 있다. 누군가 내 마음에 들어온 것만 같을 때 말이다. 그럴 땐 젖은 손이라도 급히 노트를 꺼내 일렁이는 마음을 풀어 놓는다. 메모를 할 수 없을 때는 휴대 전화기를 꺼내 내게 문자 메시지를 남겨 놓기도 하고 음성 녹음을 남겨 놓기도 한다. 수목원 소나무 숲에서는 자리 깔고 앉아 통화를 하는 것 같지는 않은데 혼자 주절주절하는 나를 보고 숲길을 걸으시던 어르신이 이상한 눈빛을 보내시기도 했다. 외출을 하거나 집을 나서야 할 때는 언제든 꺼낼 수 있게 메모할 다이어리를 가방에 챙기고 장을 보러 마트를 갈 때도 연필과 함께 야무지게 챙겨간다. 짐이 되지 않느냐며 함께 주말에 장을 보러 나서는 남편이 한마디 하기도 하지만 무엇이 문제가 되겠는가.

달라진 점은 또 있다. 바쁜 일상에 동동거리며 살다 보니 크게 내 주변의 일들에 크게 신경을 쓰지 않았다. 관심을 가질 마음의 여유가 없었기에 눈에 크게 들어오는 관심거리도 없었다. 그런데 지금은 주변의 모든 것이 사소하지만 특별하지 않은 게 없다. 그냥 지나쳤을 법한 사소한 것들이 말이다. 숲에서 걷다 만난, 나무를 쪼르르 오르는 다람쥐가 귀여워 가던 길을 멈추고, 나뭇가지 사이를 빠져나가는 바람 소리에 눈을 감고, 딸아이의 까르륵 웃음소리, 쉭쉭 밥솥이 내뿜는 수증기에 구수한 밥 냄새, 추운 날 집 앞 만둣가게에서 모락모락 뿜겨져 나오는 뜨거운 김, 팥을 가득 품은 붕어빵의 따스함, 내가 걷는 한 걸음, 오늘 이 시간…. 사소하지만 특별해지는 마법이다. 내 시선이 달라졌기 때문이다.

　나는 쓰는 것이 부담스럽지 않다. 애써 잘 쓰려 하지도 않는다. 내가 아무리 잘 써보려 해도 이름이 알려진 프로 작가처럼 쓸 수도 없다. 그것을 바라는 것부터 엄청난 욕심이다. 1만 시간의 법칙을 따져보아도 턱도 없다. 그냥 내 이야기를 풀어 놓을 뿐이다. 내가 만난 일상을 풀어 놓으며 뿌리를 키워나가고 싶은 마음뿐이다. 인문학 다이어트에서 읽은 책 제목인 『뭐라도 되겠지』(김중혁 지음) 하는 마음으로.

20년을 직장에서 내공을 쌓았고
퇴직 후 20년은
자유인으로 살고 싶은 열정녀

바쁜 날의 책 읽기

감수성이 풍만한 중·고등학교 시절에 사춘기의 나를 떠올려 보면 꿈 많은 소녀, 문학을 꿈 꾸는 소녀와는 거리가 멀었던 것 같다. 그저 친구들과 어울리며 웃고, 떠들고, 농땡이 치기 좋아하는 그런 아이였는데 지금이나 그때나 그 나이의 여자아이들이 갖는 예민함이나 섬세함보단 무던함이나 털털함이 나의 성향이라고 생각했다.

그 시절의 친구들은 하이틴 로맨스 소설이나 순정만화도 참 좋아해서 책방에서 수십 권씩 빌려서 보곤 했었는데, 나는 책방에서 책을 빌려본 경험도, 심지어 책방에 가본 경험조차 없었다. 그렇다고 인문학 서적을 읽은 것도, 학업과 관련된 책을 읽은 것도 아니어서, 인생에서 가장 책을 많이 읽는다는 학창 시절에 도대체 나는 무엇을 읽는 인간이었는지, 아니 무언가 읽기는 읽었는지 모를 정도로 한심했다.

내가 대학생이던 시절, 직장을 다니는 언니가 삼국지와 고전소설들을 사준 적이 있다. 언니 회사 사무실에 한 영업사원이 책을 판매하러 왔는데, 마음 약한 언니는 그 영업사원의 말솜씨에 넘어가 나에게 준다는 명목으로 수십만 원에 달하는 책들을 구매했던 것이다.

그때는 대학생일 때라 삼국지와 고전소설은 반드시 읽고 지성인이 되리라 다짐을 했지만, 딱 한 권 그것도 반 정도 분량만 읽고는 책이 재미가 없고, 내용이 눈에 들어오지 않는다는 이유로 방 안에 방치하였다. 결국 그 책들은 약 10년 후에 버려졌다.

이렇게 책 읽기가 어려웠으면서도 언제나 내 마음속에는 '책 읽는 사람 = 배울 것이 많은 사람'이라는 공식이 있었고, 나도 그렇게 배울 것이 많은 사람이 되고 싶다는 욕망으로 가득 차 있었다. 그러나 대학교를 졸업하고, 취직을 하고, 결혼을 하고, 아이를 낳고, 그렇게 한국 여성의 보편적인 삶을 살아오면서 정작 나는 제대로 된 책을 읽는 것은 시작도 하지 못했다.

내가 과거의 내 모습을 이렇게 구구절절 적는 이유는 이렇게 책 읽는 것이 힘들고, 어려웠던 내가 지금은 그때와는 다른 모습으로 살고 있기 때문이다. 2019년 12월 어느 날, 늦게까지 잠이 오지 않아, 침대에 누워서 휴대폰을 보며 뒤척이고 있었다. 네이버를 통해 우연히 어느 분의 블로그에 방문하게 되었는데, 거기에는 이런 공지글이 게시되어 있었다.

"매일의 힘을 믿으시나요? 축적의 힘을 믿으시나요? 도서관에서 3년간 매일 책을 읽고 걷고 사색했습니다. 도서관을 빠져나와 틈틈이 글을 썼습니다. 여러분은 뭔가를 꾸준히 축적한 적이 있나요? 없다면 같이 축적해 봅시다."

사적인 모임 하나 없이 회사일과 집안일에 쫓겨 늘 바쁘게 살고 있던 나는 이 글을 보고 가슴이 뛰었다. 매일 책을 읽고, 글을 쓰며, 사색하며, 걸으며 그렇게 자신의 이야기를 축적하는 프로그램의 이름은 '인문학 다이어트'이었으며, 그 기간은 6개월이라고 했다.

지금이야 코로나19로 인해 비대면·온라인 접촉이 너무나도 활성화되었지만, 당시에는 대부분의 모임이나 프로그램은 오프라인 위주로 진행되었기 때문에, 나 같은 워킹맘은 시간적인 제약 때문에 참석하기 힘든 경우가 많았다. 하지만 이 프로그램은 온라인으로 진행되어 시간적인 제약이 덜했기에 우유부단하고 느긋한 성격의 나도 선뜻 용기를 내어 신청했다.

인문학 다이어트의 진행자는 같은 이름의 책인 『인문학 다이어트』를 출간한 문현정 작가였다.

그녀가 직접 경험한 읽고, 쓰고, 걷고, 사색하는 삶을 프로그램화한 것인데, 짧은 시간이지만 매일 조금씩 반복적으로 이 네 가지를 꾸준히 해나가며 매일의 힘을 기르는 것이었다.

늘 꿈꾸어 왔지만 바쁘다는 핑계로 모든 일에서 후순위가 되었던 나의 책 읽기 도전은 인문학 다이어트를 통해 다시 시작되었다.

한 권의 책을 한 달 동안 분량을 쪼개서 오랫동안 세세하게 읽었다. 좋은 문장은 필사를 했고, 내 생각을 덧붙였고, 작가의 생각에 질문을 던졌다. 그 질문에 나의 답을 찾다 보니 깊이 있는 독서를 할 수 있었다. 그렇게 읽은 책들은 여느 책들과는 달리 오랫동안 기억 속에 남아 있다. 이렇게 책을 읽다 보니 지금까지 내가 했던 독서는 일명 바보 독서였다는 것을 깨달을 수 있었다.

책을 읽어 가는 방식이나, 삶을 살아가는 방식은 서로 다르지 않아서, 두 가지 모두 늘 질문을 던지고 대답을 찾아가는 과정이 필요하다는 것도 알게 되었다. 그저 작가의 말은 다 맞는 말이라 믿으며 의심해본 적 없었고, 책에서 하라는 대로 따라만 가던 내가 서서히 그들의 생각에 대해 질문하고 답을 하기 시작하였다.

첫 번째 책은 구본형 작가의 『익숙한 것과의 결별』이었는데, 이 책을 읽으며 지금까지의 나는 현실이라는 이름 앞에서 늘 최선이 아닌 차선의 길을 선택하고 있다는 것을 깨달았고, 아무것도 시도하지 않으면서 새로운 것을 기다리고 있는 어리석은 나를 보게 되었다.

나는 어떤 익숙함과 결별을 할 것인지 질문을 던지며 많이 고민했고, 그렇게 답을 찾아가는 과정을 무던히도 반복하면서 나의 1년 뒤, 2년 뒤, 5년 뒤의 모습을 그려보기 시작했다.

지금까지 내가 생각했던 독서의 순기능은 책을 읽고, 책에 있는

지식과 지혜를 내 것으로 만들고, 그것을 내 삶에 접목해 결국 내 인생을 바꾸는 것이라 생각했는데 막상 책을 읽어도 달라지지 않았던 나를 되돌아보며 내가 잘못된 방법으로 독서를 했다는 것을 깨닫게 되었다. 그렇게 인문학 다이어트를 통해 책을 깊이 있게 읽는 방법을 알게 되었다.

매일 조금씩 깊은 독서를 하며 책 읽는 새로운 재미를 느끼던 어느 날, 전 세계는 코로나19로 인해 지금까지 살아왔던 삶과는 전혀 다른 삶을 살게 되었다. 우리의 일상은 정지되었고 스트레스가 쌓일 때마다 간간이 다녀왔던 해외여행은 더는 가기가 힘들어졌다.

아이들의 개학이 계속 연기되다 결국 온라인 수업으로 대체되었고, 사무실에 출근하지 않고 집에서 일하는 재택근무가 활성화되었으며, 대면 서비스가 비대면 서비스로 확대되었다.

과거의 나였다면, 이런 상황이 단지 불편하다고 느끼며, 빨리 백신이 나오기만을 기다리고 있었겠지만, 나는 새로운 세상이 열린다고 생각하였다.

'왜 이런 일들이 일어나는 것일까? 앞으로는 어떻게 되는 것일까? 그렇다면 나는 어떻게 해야 하는 것일까?'

코로나19의 발발 이후에 우리가 살아가야 할 세상에 대한 책들을 찾아서 읽고 스스로에게 질문을 던지고 대답을 찾는 동안 더 이상 코로나19는 공포의 대상이 아니었다. 코로나19 발발 이후의 세상은 어떠할지 생각하고, 준비하다 보니 내 마음속에 자리 잡고 있던 불안감은 어느새 사그라들고 있었다. 1년이 지난 지금까지도 코로나19는 종식되지 않았지만, 우리 가족 모두 안전하게 잘 살고 있고, 더 이상 이유 없이 겁이 나지는 않는다. 그저 책 읽는 삶을 시작하고 싶어서 신청했던 인문학 다이어트였지만, 단순히 글만 읽는 것이 아니라 질문하고 내 생각을 찾아가는 독서 방식을 통해 코로나19의 상황도 잘 이겨내고 있다.

난 20년간 한 회사에서 직장 생활을 한 평범한 회사원이자, 올해 중학생이 되는 사춘기 큰아들과 초등학교 5학년이 되는 장난꾸러기 둘째 아들을 둔 엄마다. 회사 다닐 때는 바쁘다, 시간 없다는 말을 늘 습관처럼 입에 달고 살았고, 집에 와서도 할 일이 많았다, 일이 힘들다는 말을 반복했었다. 학교에 가면 아이들 못 챙겨준 게 생각나서 마음이 편치 않았고, 퇴근해서 집으로 돌아오면 오늘 처리한 업무가 찝찝해서 다음 날 출근할 때까지 마음에 담고 있기 일쑤였다. 이렇게 심적으로 늘 바빴고, 늘 힘들었던 내가 1년간 거의 매일 책을 읽었다. 대단한 양의 독서도 아니고, 대단한 내용의 독서도 아니었지만 나는 바쁜 내 생활 속에서 매일 조금씩이라도 책을 읽으며 내 생각을 단단히 했다는 사실에 스스로 칭찬해 주고 싶다.

과거에 내가 '책 읽는 사람 = 배울 것이 많은 사람'이라고 생각했던 것은 아직도 유효해서, 하루에 몇 페이지가 되든, 한 달에 몇 권이 되던 꾸준하게 책을 읽고 있다. 그렇게 나는 스스로 배울 것이 많은 사람이 되어 가고 있다.

　나는 더 이상 한 달에 몇 권의 책을 읽겠다거나, 일 년간 몇 권을 읽겠다는 계획을 세우지 않는다. 바쁜 날에도 쉬지 않고 단 한 페이지라도 읽어보는 것! 그것을 이루기가 더 어렵다는 것을 알고 있기에, 오늘도 질문을 던져가며 바쁜 날의 책 읽기에 도전하고 있다. 인문학 다이어트가 내게 준 선물은 큰 것을 바라기보다 소소한 일상의 소중함을 알게 되었다는 사실이다.

기분이 우울한 날에는 길을 나선다

　내가 인문학 다이어트에 참가를 신청한 이유는 두 가지다. 첫째는 책을 읽고, 내 일상과 생각들을 글로 적어서 기록하고 싶었고, 둘째는 이런 활동들을 통해 다른 사람들과는 차별화되고 싶은 마음이 있었기 때문이다. 좀 더 솔직히 말하면, 이렇게 바쁜 일상에서도 꾸준히 책을 읽고 내 글을 적음으로써 '바쁠 텐데 글까지 적는다고? 대단하네'라는 말을 듣고 싶은 욕심도 있었다.

　인문학 다이어트는 읽기, 쓰기, 사색하기, 걷기라는 네 가지 미션을 매일 수행하고 인증하는 프로그램인데 읽기, 쓰기, 사색하기와는 달리 이질감이 느껴지는 걷기는 왜 하는 건지 의아한 생각이 들었다.

　평상시에 나는 가까운 거리조차도 자가용을 타고 다녔다. 집에서 도보로 10분 거리에 지하철역이 있었는데 10분 걷는 것이 귀찮아서, 차로 10분 거리의 환승주차장이 있는 지하철역까지 가서 주차를 하고 지하철을 타고 다녔을 정도다. 그 10분을 걷기 싫어서 말이다.

'사색은 생각을 하는 것이니까, 책을 읽고 글을 쓰는 것과 연관성이 있지만, 아무런 상관이 없어 보이는 걷기는 왜 매일 하라는 거지?'

걷기 미션이 있다는 것을 알고는 이런 의문이 들었지만 어려운 미션은 아니라고 생각했기에 나의 하루 목표 걸음 수를 정하고 매일 딱 그만큼만 걸으면서 인증 글을 올렸다. 처음 며칠 동안은 참 재미있었다. 아이들도 함께 걷겠다며 따라나서는 바람에 함께 걷는다는 것 만으로도 재미와 즐거움을 느꼈다. 늦은 퇴근을 하여 집으로 돌아온 후에는 아이들 케어하랴, 밀린 집안일 하랴 늘 피곤했던 나는 모든 일과가 끝나면 침대에 몸을 던져 누워 있길 좋아했다. 이런 아줌마였던 내가 걸으러 나간다는 사실만으로도 좀 더 부지런하고 건강한 사람이 된 것 같아 기분도 좋아졌다. 그리고 워낙에 목표로 정한 걸음 수가 많지 않았기에 조금만 걸어도 목표가 달성되어 '오늘도 해냈다!'라는 성취감도 맛볼 수 있었다.

매일 아침에 올라오는 브리핑에는 '천천히 호흡하며 걸어보세요.', '천천히 사색하며 걸어보세요.', '하늘 한번 쳐다보고 걸어보세요.' 등 오늘은 어떻게 걸어보라는 내용도 함께 기재되어 있었다. 하지만 오로지 목표로 한 걸음 수를 달성하고 인증 사진만 올리면 된다고 생각했던 나는 그런 세부적인 내용은 무시한 채 몇 보를 더 걸어야 목표가 달성되는지만 생각하며 열심히 걸었다. 이왕 걷는 거 살도 좀 빠졌으면 좋겠다는 마음에 빠른 걸음으로 팔까지 흔들어가며 그렇게 걷기에 집중했다. 그렇게 나에게 주어진 걷기 미션은 매일 목표로 한 걸음 수만 채우고, 인증 사진만 올리면 되는 가장 쉬운 미션이었다. 만약 지금 나에게 1년 동안 매일 수행했던 네 가지 미션 중에서 가장 달성하기 어려웠던 것이 무엇이었는지를 물어본다면, 걷기라고 답을 하겠다.

걷기는 가장 어려운 미션이었지만, 가장 행복한 미션이기도 하였다. 걷는 것 자체는 힘이 들지 않았다. 두 다리 멀쩡한 사람이면 누구나 힘들지 않게 걸을 수 있으니 말이다. 그럼에도 불구하고 가장 어려운 미션이었다고 답을 하는 이유는 걷기 위해 집을 나서기까지 내 몸에 꼭 들러붙어 있어 떼어내기가 힘든 게으름 때문이다. 매일 이 '게으름'이라는 녀석과 싸움을 해야만 했고, 매일 이겨내기가 쉽지 않았다. 오늘은 날씨가 추우니, 날씨가 더우니, 기분이 안 좋으니, 몸이 피곤하니, 술을 한잔 먹었으니, 시간이 늦었으니, 비가 오니, 바람이 많이 부니 등 걷지 않을 이유가 하루에도 몇 개씩은 생겼다.

그런 이유들을 뒤로 하고 몸을 일으켜 운동화를 신고 문을 열고 집을 나서는 그 순간까지 자신과 얼마나 싸웠는지 모른다. 자신을 위해 가족을 위해 국가를 위해 뭐 대단한 일을 하는 것도 아닌데 자신과의 싸움이라는 표현을 쓰는 것이 우습다고 생각할 수 있지만, '이런 사소한 일도 매일 해내지 못하는 내가 다른 어떤 일을 해낼 수 있을까' 하는 생각을 하며 그렇게 매일 싸워가며 집을 나섰다. 왜 하루에 걸어야 하는 목표 걸음을 일괄적으로 정해주지 않고, 내가 직접 정하도록 했는지 이해할 수 있었다.

문현정 작가님은 자신에게 목표를 부과하고 걸어내고 자신에게 성취감을 부여할 수 있는 장치를 마련해 둔 것이다. 인문학 다이어트 프로그램 참여자들을 모두 문 작가님이 부여한 목표대로 걷게 했다면 아마도 걷다가 포기한 사람이 수두룩하게 나왔을 것이다. 참여자들은 모두 자신이 정한 목표 걸음 수를 채우느라고 매일 치열하게 걸었다. 목표를 달성하고서는 뿌듯함을 느끼고 과제를 인증했다. 무리하게 뭔가를 하는 것이 아니라 내가 할 수 있는 만큼을 매일 해나갔다는 사실이 중요하다.

나는 집 근처에 있는 장미공원을 매일 걸어 다녔는데, 처음에 걸음 수에만 집착할 땐 보이지 않았던 자연, 사람들이 어느 순간부터 내 눈에 들어오기 시작했다. 그래서 천천히 걷게 된 것인지 천천히 걷다 보니 내 눈에 들어온 것인지는 모르겠다. 천천히 호흡하며, 사색하며, 하늘 한번 쳐다보며, 주변을 둘러보며 걷는 걸음이 그렇게 좋았다. 봄에 꽃이 피어도 꽃향기 한번 제대로 맡아본 적 없고, 가을에 단풍이 물들어도 떨어진 단풍잎 하나 책갈피에 끼워본 적 없는 나는 물기 하나 없는 건조한 삶을 살았던 것 같다. 그렇게 자연의 변화에 무심했던 나는 그제서야 보게 된 봄, 여름, 가을, 겨울이 무척 경이로워 감탄사를 남발했다. 이런 나를 보며 지인들은 "이제 나이가 들어서 그래. 우리 이제 한참 꽃 좋아하고 단풍 좋아할 나이도 됐잖아?"라고 말했다.

정말 그럴 나이가 되어서 그런 것일 수도 있지만, 나는 걸었기 때문에 이 자연의 아름다움과 마주하게 되었다고 생각한다. 그동안 이런 아름다움을 보지 못하고 살았던 시간이 아까워 억울하기도 했지만 나는 미래지향적으로 살고 싶은 사람인지라 앞으로 더 많이 보면서 살아가자고 다짐을 했다.

어디서든 걸을 수 있었고, 걸어서 돈 쓰지 않고 건강을 관리하며 복잡하게 얽힌 내 머릿속 잡념들도 정리되어 '진짜 이만한 활동이 없네'라는 생각을 하며 그렇게 걷기의 매력에 더 빠져들고 있었다.

코로나19의 1차 유행이 처음 시작된 도시인 대구에 사는 나는, 아직도 2020년 3월의 그날을 잊지 못한다. 그 당시 대구시는 신천지 교회로 인해 코로나에 감염된 사람이 하루에도 수백 명씩 발생하고 있었다. 많은 회사가 재택근무에 들어갔고, 휴업을 하는 회사도 다수 있었다. 내가 다니던 회사도 휴업을 하였다. 휴업 중인 어느 날, 으슬으슬 감기 증상이 있어 종합 감기약을 먹고 이틀 동안 누워 있었다. '혹시 코로나에 감염된 건 아닐까?' 하는 불안한 마음에 질병관리청 1339콜센터로 전화까지 했다. 열이 없고 확진자와 동선이 겹쳐진 적도 없어 코로나로 의심되지 않는다며 집에서 좀 더 쉬어보라고 했다. 불안한 마음에 침대에 누워있기만 했다. 그때 아파트 관리실에서 안내방송이 나왔다. 가구당 마스크를 5장씩 배부하고 있으니 세대별 대표자가 와서 받아 가라는 안내였다. 그때는 공적 마스크도 도입되기 전이라 KF 마스크를 구하기가 하늘의 별따기 만큼이나 어려웠다.

　방송을 듣자마자 패딩을 입고 마스크를 쓰고 밖으로 나섰다. 그때가 3월 말경이었으나 3월 중순부터 휴업 상태였던 나는 봄이 온 줄도 모르고 그렇게 패딩까지 껴입었던 것이다. 바깥은 목련꽃과 벚꽃이 피어 한창 예뻤고 봄볕이 따뜻했다. 두꺼운 패딩을 벗고 봄 햇볕을 만끽하며 산책길을 걸었다. 그날 이후로 신기하게도 감기가 떨어졌다. 병원을 가도, 약을 먹어도 낫지 않았던 감기 바이러스가 천연 비타민D에는 견디질 못했다. 햇볕의 효능을 직접 체험한 나는 지금도 컨디션이 좋지 못하면 누워 있지 않고 햇살을 마주하러 나선다.

　꾸준히 걷기 시작하면서 '걷기 = 산책'이라는 1차원적인 생각에서 탈피하게 되었고, 걷기와 관련된 것을 찾아보는 등 자연스럽게 관심을 갖게 되었다. 서점에는 '걷기'에 관련된 책, 수백 권이 나와 있었고, 심지어 내가 좋아하는 배우 하정우도 『걷는 사람, 하정우』라는 책을 썼을 만큼 많은 사람이 걷고 있었다. 전국 방방곡곡에 둘레길이 그렇게 많이 조성되어 있는 줄도, 인터넷과 스마트폰 앱에 그렇게 많은 걷기 정보들이 있는 줄도 몰랐다. 그저 제주도 올레길, 지리산 둘레길 정도만 알고 있던 나는 머리를 한 대 얻어맞은 듯한 기분이 들었다. 나도 걷는 사람이라고 말하고 싶어 더 많이 걸어 다녔다.

걷기를 시작하면서 생긴 좋은 취미가 있다. 평소에도 산을 좋아해서 주말마다 등산을 가겠다고 계획을 세우곤 했지만 이를 행동으로 옮기기는 힘들었다. 하지만 잘 닦인 공원길을 매일 걷다 보니, 맑은 공기 마시며 산을 오르고 싶다는 생각이 더욱 커져갔다. 매일 운동화를 신고 나서는 그 힘든 싸움을 하는 나에게 주말에 등산화 끈을 한두 번 쪼이는 것은 더는 힘든 일이 아니었다. 지금은 이사를 하였지만, 내가 사는 동네에는 와룡산이라는 산이 있어 왕복으로 2시간이면 다녀올 수 있었다. 한 번, 두 번 가던 것이 세 번, 네 번이 되었고 그렇게 6개월간 매주 한 번도 빠지지 않고 갔고 주말이면 무조건 쉬어야 한다는 생각에서 벗어날 수 있었다. 등산을 하고 오히려 피곤함이 사라졌기 때문이다.

매주 등산으로 단련된 체력을 바탕으로 나의 버킷리스트였던 백패킹도 실현할 수 있었다. 20kg 배낭을 짊어지고 산을 오르기가 쉽지 않았지만 결국 해냈고, 올해도 다녀올 예정이다.

나는 기분이 우울한 날일수록 길을 나선다. 천천히 호흡하며, 사색하며 걷다 보면 어느샌가 우울한 마음은 옅어지고, 일상의 큰 고민들도 그 무게가 줄어든다. 누구나 할 수 있는 사소한 일도 내가 세운 목표만큼 매일 그리고 꾸준히 하는 것, 하기 싫은 마음과 하지 않아도 될 핑계를 극복하는 마음의 근육을 스스로 키우는 것, 그래서 사소한 일도 꾸준히 하면 대단한 일이 될 수 있다는 것, 일상에서 얻게 되는 작은 성취감에 오늘도 뿌듯함을 느낀다.

말보다 글이 편한 사람

　마흔 중반쯤의 중년 여성이 되어 옛 친구들과 이야기를 하다 보니 내가 기억하지 못하는 내 과거가 너무 많다는 것을 알게 되었다. 내 이야기인데 내가 기억하지 못하는 내 스무 살, 서른 살의 이야기는 점점 더 늘어나고 있었다. 대화를 하다가 도저히 기억을 못해 답답해하는 나에게 친구는 이렇게 말했다.

　"우리 이제 어제 일도 기억을 잘하지 못하는 나이가 됐잖아. 더욱이 너는 직장 생활하랴, 아이들 키우랴, 기억하고 신경 써야 하는 일이 좀 많겠니? 너무 많아서 뇌에 과부하가 걸렸다고 생각해. 그래서 지금은 덜 중요한 너의 과거 기억들이 삭제되고 있는 건 아닐까."

　지금까지 살아오면서 재미있고 즐거운 일이 참 많았다. 웃고 울고

괴로워하던 그때의 내가 있었기에 지금의 나로 살아가고 있다. 특별하지 않은 일상도 기억하고 싶었다. 추억을 기억하지 못하는 것이 마치 그때의 내가 없어지는 것 같았기 때문이다. 매일 반복되는 일상이지만 내 생각들을, 기분들을 기록하거나 글로 써야겠다고 생각했다.

혼자서는 제대로 하지 못할 것 같았다. 나에겐 함께의 힘이 필요했다. 인문학 다이어트와 함께한 1년 동안 거의 매일 내 생각과 느낌들을 글로 적었다. 누가 강요한 것도 아니고, 스스로 글을 쓰고 싶어서 신청했으니 글을 쓰는 것이 재미있었다. 내가 누군가에게 영향력을 주는 사람이 아니었기에 그냥 내 멋대로 생각나는 대로 글을 썼다. 인문학 다이어트 초반에는 내가 쓴 글을 함께하는 동기들에게 보여준다는 것에 부담을 가졌다. 그러나 그것도 잠시 '글을 잘 쓰는 사람이었다면 이 프로그램을 신청했을까? 나처럼 글 쓰는 것에 재미를 느끼는 사람인데, 매일 꾸준히 쓰기 위해 신청한 게 아닐까?'라는 생각이 들었다. 그때부터 내 글을 동기들에게 보여주는 것도, 동기들의 글을 읽는 것도 부담이 되지 않았다. 프로그램을 주관하신 작가님께서도 잘 썼거나 못 썼음에 대한 피드백이 없었는데, 이는 '누가 글을 잘 쓰나?'라는 미션이 아니라 '내 생각을 적을 수 있나?'라는 미션이 아니었나 싶다.

인문학 다이어트에 참가하면서 처음으로 필사라는 것을 해보았다. 필사는 베끼어 쓴다는 것인데, 나에게 감동을 준 문구나 중요하다고 생각되는 문장을 노트에 그대로 따라 적었다. 그 글에 나의 단상을 적어보기도 하고, 다른 단어로 바꾸어 적어보기도 하고, 단 한 줄로 책의 내용을 요약해 적어보기도 하였다. 필사를 시작한 처음에는 문장을 읽고 거기에 내 생각을 적는 것이 많이 힘들었다. 지금까지는 책을 읽으면서 작가의 이야기나 생각을 들여다 보는 것에만 만족했기에 단상을 어떻게 적어야 할지 감이 오지 않았다. 아무것이나 떠오르는 내 생각을 적다 보니 어떤 경우는 작가의 생각에 공감하고 지지도 하였지만, 어떤 경우는 작가의 생각과는 전혀 다르게 생각되는 경우도 있었다. 예를 들면 이렇게 말이다.

김중혁 작가의 『뭐라도 되겠지』라는 책에는 이런 문장이 있다.

"나는 산만한 아이였다. 예술에 목표 같은 건 없다. 집중을 요구하는 권權이나 군軍에는 뚜렷한 목표가 있겠지만 마음이나 예술에는 목표가 없다, 마음을 기록하는 예술은 그러므로 산만한 자들의 몫이다."

『뭐라도 되겠지』(김중혁)

나는 이 문장에 이런 단상을 적었다.
"언제나 부정적인 단어였던 산만함이라는 단어의 재해석이다. 항상 모든 일에 집중하라고 외쳤던 나에게 가끔 산만한 삶을 사는 것도 괜찮다는 말로 들려 위로가 된다. 둘째 녀석의 산만함도 조금 여유를 갖고 보게 된다. 그래 모든 사람이 집중해서 살 필요는 없어. 가끔은 산만한 사람도, 산만한 삶도, 산만한 시간도 필요해!"

김금희 작가의 소설, 『경애의 마음』에는 이런 대화가 나온다.

"내가 그거 바코드 찍어서 옮기면서 '야, 너도 여간 외로운 인간이 아니구나.' 했지. 새해가 되자마자 한 일이 지퍼백 주문이라니, 사람은 다 외롭다. 100개 들이 지퍼백처럼 다들 외로워."

『경애의 마음』(김금희)

나는 이 문장에 대한 단상을 이렇게 적었다.

"새해가 되자마자 지퍼백을 주문한 사람은 외로운 사람일까? 나는 외로운 사람이라기보다는 그저 일상에 충실한 사람이라는 생각이 든다. 하루하루는 무의미하게 보내면서, 연말연시, 송년, 신년이라는 거대한 이름을 앞세워 이날만큼은 그 어느 날보다 특별한 하루를 보내려고 애쓰는 사람보다, 매일 내가 해야 하는 일을 충실하게 해내는 사람이 덜 외로운 사람이 아닐까?"

처음에는 작가와 생각이 다르다는 것에 '내가 잘못된 생각을 하는구나.'라는 생각이 들었고, 한편으로는 내가 뭐라고 작가에 대해 이러쿵저러쿵 하나 싶어 미안함도 생겼다. 그렇게 꾸준히 내 생각으로 빽빽이 적히는 노트가 한 장, 두 장 생겨나면서 생각이 넓어지고 가치관이 구체화되고 있다는 느낌이 들었다. 이전까지는 책을 읽고 난 후 독후감상문을 쓴 것은 열 손가락에 꼽을 정도였다. 그것도 단 몇 줄짜리 소감문 정도지만 말이다. 이렇게 필사를 해가며 책 한 권을 다 읽으면, 필사한 대목과 나의 단상, 그리고 이 책이 말하고자 한 주제를 한두 줄로 정리해서 적으면 그것만으로도 하나의 독후감상문이 되어 있었다. 아직은 일상 글이 많은 내 블로그지만, 테마를 문학, 책으로 분류해 놓았을 만큼 독후감상문을 제대로 적어서 올리는 블로거가 되겠다는 목표가 생겼다.

무언가를 계속 글로 남기고, 정리를 하다 보니 글을 읽는 것을 좋아했던 내가 어느 날부터 말보다 글이 편한 사람이 되어 있었다.

나는 내가 하는 말 때문에 스트레스를 받는 사람이었다. 혈액형 O형의 전형적인 스타일로 거짓말을 잘 못하고 내가 하고 싶은 말은 해야 직성이 풀리는 성격이다. 물론 혈액형별 특성을 믿지는 않지만, 읽다 보면 '진짜 내 성격이랑 일치하네'라는 생각이 든 적이 많았다. 살다 보니 하고 싶지만 하지 말아야 할 말들이 참 많았다. 이런 말들은 입속에 꽁꽁 싸매어 놓아도, 말할 수 있는 상황이 오면 결국 말해버리고야 말았다. 나이를 먹을수록 말은 더욱 신중하게 나와야 하는데 내가 내뱉은 말 때문에 자책하는 경우도 많이 생겼다. 말 때문에 스트레스를 받던 나는 중요한 내용은 글로 전달하기 시작했다. 예전의 나는 서로 얼굴을 마주하며 눈빛을 교환해야 제대로 된 소통이라고 생각했다. 그래서 대부분의 소통은 말로 이루어졌는데, 그렇게 해서 결국 상대에게 상처가 되는 말이 나가는 것보다는 논리가 뒷받침된 이성적이고, 정제된 글로 전달하는 것이 좋겠다고 생각되었다.

　당시에 나는 회사 내 세일즈 조직의 리더로 근무하며 구성원들을 독려하여 조직의 목표를 달성해야 하는 미션을 갖고 있었다. 성과가 잘 나오지 않으면 구성원들과 구두로 하던 것을, 글로 적어서 표현하였는데 좀 더 객관적인 관점으로 받아들이는 듯했다. 지금 현재 상황과, 현재 상황에 대한 내 감정과, 그래서 이렇게 했으면 좋겠다는 내용으로 한 글자 한 글자 적어 나가니 내 생각 또한 또렷이 정리되었다. 물론 그렇다고 해서 대단한 성과를 낸 것은 아니었지만, 글로 표현하면서부터 조직의 구성원들과 적어도 감정적인 불편함은 덜했던 것 같다. 이렇게 말이 아닌 글로 표현하니 말실수도 줄어들었다. 그리고 나의 사투리 억양에 대한 부담도 완화될 수가 있었다. 경상도에서 태어나고 자라고 가정을 꾸려 아직까지 살고 있는 나는 뼛속까지 경상도 사람이다. 목소리가 나긋나긋 예쁜 것도 아니고 애교가 있는 말투도 아닌 데다, 무뚝뚝한 경상도 억양에 사투리까지 많이 쓰다 보니 남들 앞에서 말하는 것이 부끄러웠던 적이 많다. 거기에다 이야기를 하다 보면 쉽게 흥분해서 엉뚱한 방향으로 흘러가는 경우도 종종 있어 진짜 해야 하는 말은 놓치고 목소리만 큰 싸움꾼의 이미지가 된 것 같아 스트레스도 받았다. 나는 또박또박하고 나긋나긋하게 표준어를 구사하는 사람들이 부러웠다. 이들이 말하면 뭔가 더 논리적이고 이성적으로 들렸기 때문이다. 표준어를 사용하는 사람들 앞에서는 나도 모르게 위축되어 말하는 것이 부끄러웠다. 회의 시간에 발언을 하거나 앞에 나가서 발표를 하는 상황이 참 싫었다. 어설프게 (끝음만 올리는) 경상도식 서울말을 써가며 이래저래 이야기하는 내 모습은 지금 생각해도 부끄럽다. 물론 지금도 이런 자리가 편하지는 않지만 할 말을 글로 적으면서부터는 조금 나아진 것 같다. 이제 나는 공식적인 자리에서 말을 해야 되는 상황이 오면 미리 글로 적어놓고 슬쩍슬쩍 보면서 이야기를 한다. 대통령도 미리 써놓은 연설문을 보면서 국민들께 연설을 하고, TV에 나오는 MC들도 스크립트를 보면서 방송을 하는데 나라고 해야 할 말을 머릿속에만 넣어두고 이야기할 필요는 없으니 말이다. 내가 적어 놓은 글대로 이야기를 하니, 하고 싶은 말들은 논리적으로 다 전달이 되어 옆길로 새는 경우도 없고, 더 이상 남들 앞에서 말하는 것도 크게 부담이 되지 않았다. 글대로 말을 하니 말이다.

과거에는 작가라는 이름을 가진 사람들만 글을 잘 쓴다고 생각했다. 그리고 글을 잘 써야지 작가가 될 수 있다고 생각했다. 블로그를 운영하다 보니 작가가 아니더라도 글을 잘 쓰는 사람이 너무나 많고, 글을 잘 쓰지 않더라도 작가가 되는 사람도 많다는 것을 알았다. 나 같은 보통 사람들도 글을 쓰고 책을 내고 싶어 한다. 브런치는 이런 현대인의 니즈를 제대로 파악하여 성공하였다. 유튜브와 같은 동영상 콘텐츠가 대세인 시대에 블로그와 같은 아날로그적 글쓰기가 서로 우열을 가릴 수 없이 공존하고 있다는 것이 참으로 놀랍다. 최근에는 블로그와 SNS를 통해 제품 홍보나 마케팅이 개인화되어 더 세심하게 이루어지는 듯하다. 그래서일까? 책 쓰기를 도와주는 온/오프라인 프로그램도 생겨나고, 서점에는 글 쓰는 방법에 대한 책도 수백 권이나 있다. 무엇보다 함께 글을 쓰는 온/오프라인 모임도 점점 더 많아지고 있다.

AI가 생활의 중심이 되어가고 있는 요즘 글쓰기와 같은 아날로그 감성을 추구하는 것이 우연인지 필연인지 모르겠다. 하지만 책을 읽고 글을 쓸수록 글 쓰는 힘이 더 중요해지는 시대가 오지 않을까라는 생각이 든다. 아니 벌써 왔다는 생각이 든다.

1년간의 연습으로 글쓰기가 어느 정도 습관이 되었지만 쉬지 않고 계속해야겠다. 글쓰기를 좋아하지만 한 줄 쓰기가 어려웠던 내가, 이제는 말보다 글이 더 편한 사람이 되었다. 1년간의 필사와 매일의 단상 적기가 나를 글쓰기의 부담에서 벗어나게 했다. 이 글을 읽는 독자들 중에서 글을 쓰고 싶은데, 잘 써지지 않는 사람은 나처럼 필사부터 시작해도 좋을 것 같다. 작가의 글을 따라 쓰고, 내 생각을 덧붙이는 일은 그리 어려운 일이 아니기 때문이다.

사색으로 실행력 '갑'이 되다

   인문학 다이어트의 정점은 사색이었다. 사색의 사전적 의미는 '어떤 것에 대하여 깊이 생각하고 이치를 따짐이고, 이치를 따짐이라고 함은 사물의 정당한 조리 또는 도리에 맞는 취지를 따지어 보는 것'이다. 그동안 사색이라는 것은 철학자의 영역이라고만 생각했는데, 나에게 사색을 하라는 미션이 주어지니 어떻게 해야 할지 몰라 고민스러웠다.

   나는 생각이 많고, 고민도 많은 사람이다. 하지만 아무리 많은 생각과 깊은 고민을 해도 늘 머릿속에서만 맴돌았을 뿐이다. 한 번도 정리된 적 없고 실행된 적 없고 결과물로 빛을 본 적도 없다. 인문학 다이어트를 하는 1년 동안 참 다양한 주제의 사색 거리가 있었는데 그중 가장 많이 했던 것이 나 자신에 대한 고민이었다. 내심 내 나이에 새로운 일을 시작하기는 늦었다고 생각했다 터라 나에 대해 고민하고, 내 미래에 대한 질문에 답하기가 참으로 어려웠다. 이런 사색이 무슨 의미가 있나 싶기도 했다. 그래도 궁금했다. 정말 나는 어떤 사람인지 말이다.

- 나는 도덕적이고, 책임감이 강한 사람입니다.
- 나는 신뢰를 중시하고, 인간적인 사람입니다.
- 나는 생각의 양은 많고, 실천의 양은 많지 않은 사람입니다.
- 나는 돈보다, 인정을 받고 싶은 사람입니다.
- 나는 이성보다, 감성이 중요한 사람입니다.

나를 아는 사람들이 '그렇다'라고 할 수도, '아니다'라고 할 수도 있겠지만 내가 바라본 나의 본질은 이러했다.

'그렇다면 나는 무엇을 하고 싶을까? 무엇을 잘 할 수 있을까? 어떤 삶을 살 수 있을까?'

여전히 많은 질문이 내 머릿속을 복잡하게 만들었다.

"구슬이 서 말이라도 꿰어야 보배"라는 말이 있다. 아무리 감각이 좋고 생각을 많이 하고 있더라도 실행하지 않으면 아무것도 아니라는 생각이 들었다. '지금 나는 생각하는 사람이 아니라 사색하는 사람이야. 생각과 사색의 차이는 이것이야! 실행을 했는가? 하지 않았는가?'

뭐든 생각한 것은 실행에 옮겨야되겠다고 생각하면서 귀찮아서 하지 않았던 것과, 힘들어서 안 하려고 했던 것을 하나씩 해나갔다.

    남편과 나는 몇 년 전부터 이사를 생각하고 있었다. 약 6년 동안 살았던 집은 아이들 학교와 가까웠고, 집 주변에는 학교, 학원, 재래시장, 그리고 일반음식점 등 건전한 업종의 가게들만 있어서 아이들 키우기에 좋다고 생각했다. 차가 쌩쌩 달리는 큰 도로도 없었고 뛰어놀 수 있는 놀이터는 많아 아이만 나가서 놀아도 아무 걱정이 되지 않는 환경이었다. 이렇게 장점이 많은 곳이었지만, 남편과 나는 여러 가지 이유로 이사를 생각하고 있었다. 하지만 1년이 지나고 2년이 넘도록 실행에 옮기지 못하고 서로 미루고만 있었다. 지금 사는 집을 부동산에 내어놓고, 매수를 희망하는 사람들에게 집을 보여주고, 우리가 살 새로운 집을 구하고, 아이들을 다른 학교로 전학시키는 일련의 과정이 귀찮은 일이었기 때문이다. 그러다 보니 내 마음속에는 이곳에서 계속 살아야 하는 이유들이 하나둘씩 생각나기 시작했다. 남편과 내가 이사를 결정한 이유가 있었는데 단지 귀찮다는 이유 때문에 말이다. 몇 년을 실행하지 못했던 이사를 작년에는 하고야 말았다. 막상 하니 아무것도 아니었던 것을, 누구나 어렵지 않게 할 수 있는 일이었던 것을, 왜 그렇게 시작도 하지 않고 미루고만 있었나 싶었다. 해야 되는 무슨 일이든, 할 수 있는 무슨 일이든 미루지 말고 실행하면 된다는 의지가 생겼다.

얼마 전 만 20년을 다닌 직장을 그만두었다. 나의 첫 직장이었기에 퇴사를 결정하기까지 많이 힘들었다.

어떤 사람들은 나의 퇴사에 대해 뜬금없다고 했다.

"그 먼 거리 출퇴근하며 힘들게 아이 둘 낳아 잘 키웠잖아. 이제 아이들도 제법 커서 엄마 손이 덜 갈 테고 지금부터는 돈도 더 많이 필요할 시기인데…."

사실 그랬다. 남편의 직장이 경북 구미에 있어서 이곳에서 신혼 생활을 시작했다. 내 직장은 대구였기 때문에 출퇴근 길이 여간 힘든 게 아니었다. 아침 6시 30분 전에 집을 나서면, 기차역까지 차를 운전해서 갔다. 그 후 동대구까지는 기차를 타고 갔고, 직장까지는 택시로 갈아타고 가야 했다. 저녁 7시나 되어 나서는 퇴근길도 아침과 같은 코스가 반복되었다. 아이 둘 임신하고 출산하면서 육아휴직 한번 쓰지 않고 구미에서 대구까지 그렇게 6년 동안 출퇴근했다. 친정 언니와 친정엄마, 아이들 고모님까지 도움받을 수 있는 상황에서는 악착같이 도움을 받으며 다녔는데 이제 와서 그만둔다고 하니 그렇게 생각할 만도 했다.

또 다른 사람들은 잘하는 것이라고 했다.

"20년 근무는 아무나 할 수 있는 게 아니다. 그 오랜 시간 동안 고생 많았다. 돈이 인생의 전부는 아니야. 이제 쉬면서 건강관리도 하고 아이들과 즐거운 시간 보내면서 제2의 삶을 준비해봐."

회사는 나에게 4차 산업혁명 시대에 맞는 혁신, 성장, 열정을 요구했지만 나는 더 이상 여력이 없었다. 잠시 멈춰야 했지만 멈추지 못하고 계속하다 보니 가정보다 회사 일을 더 우선시한다는 문제로 남편과 자주 싸우게 되었고, 매년 받는 건강검진에서 좋지 않은 의사 소견도 하나씩 늘어나고 있었다. 무엇을 해도 즐겁지가 않았고 어떤 일도 기쁘지가 않았다. 그렇지만 오랜 기간 정들었던 회사를 내 발로 걸어 나가기란 쉬운 일이 아니었다. 회사를 계속 다녀야 하는 이유가 그만두어야 하는 이유보다도 많았기 때문이다. 그럼에도 불구하고 나는 이제 회사의 울타리에서 벗어나 새로운 삶을 살아보기를 기대하고 있다. 나의 좌우명처럼 내가 사는 세상은 생각보다 넓고, 내가 할 수 있는 일도 생각보다 더 많을 것이다.

『익숙한 것과의 결별』이라는 책에서 구본형 작가는 탄탄한 직장을 그만두고 1인 기업가로서의 삶을 선택한 일을 이렇게 회상했다.

"인생의 길을 떠나 갈림길에 이를 때마다 현실의 이름으로 늘 무난한 차선의 길을 선택해온 평범한 남자가 고심하여 내린 두 번의 선택은 축복 같은 최선이었다. 두 번의 최선이 결국 지금의 나를 만들었다. 내 길을 찾게 된 것 그리고 그 길을 힘껏 걸을 수 있게 된 것에 무릎을 꿇고 감사한다."

『익숙한 것과의 결별』(구본형)

늘 무난한 차선의 길만 선택하며 살았던 나도 지금 나의 선택이 축복 같은 최선이라고 믿어보려고 한다. 비록 그 길이 축복 같은 최선이 되지 못할지언정 후회하지 않도록 잘 살아낼 것이다. 지금까지 사직서를 가슴에만 품고 살았던 내가 사색을 통해 관찰하고 질문하고 행동하고 있음에 감사하다. 내게 생긴 실행력에 감사할 따름이다.

우연히 신청한 인문학 다이어트를 통해 내 인생의 방향이 조금 달라졌다. 오늘날에는 방향보다 속도가 중요하다고 하지만, 나는 내 속도에 맞게 내가 잡은 방향에 맞추어 잘 걸어 나갈 것이다. 길다면 길고, 짧다면 짧은 1년의 기간이었지만 가장 잘 안다고 생각했던 나 자신을 그동안 너무 몰랐다는 생각이 들었다. 나를 들여다보며 보냈던 1년의 시간 덕분에 내가 살고 싶은 삶을 생각해 볼 수 있었고, 그렇게 살아도 되겠다는 자신감도 얻었다. '힘들어 죽겠어! 스트레스 받아 죽겠어'라는 말을 입에 달고 살았던 내가, 지금은 '아! 좋다. 지금 무척 행복하다'라는 말을 자주 한다. 내 인생에 터닝포인트가 있다면 지금이 아닐까? 45세의 중년 여성이 버킷리스트를 작성하고, 게으름을 극복하고, 지금까지 해왔던 일상을 멈추고, 다른 일상을 보낼 수 있음에 행복함을 느낀다. 내가 살고 싶은 삶을 꿈꿀 수 있음에 감사함을 느낀다. 인문학 다이어트를 했던 나의 선택은 탁월했다.

나는 오늘도 책을 읽으며 다른 사람의 지식과 지혜를 배우고 있다.

나는 오늘도 내 삶의 이야기들을 기록하며 어제보다 나은 오늘을 살기 위해 노력하고 있다.

나는 오늘도 내 몸을 움직여 걸으며 자연의 경이로움을 느끼고, 몸과 마음의 건강을 챙기고 있다.

나는 오늘도 내 생각이 내 생각으로만 끝나지 않도록, 사색하고 있다.

누구나 할 수 있지만, 누구나 하지는 않는다!

04

성 은 주

늘 청춘을 꿈꾸는 17년 차
국어 교사로서 학생들과 소통하는
따뜻한 이야기 선생님

소나기형 독서에서 가랑비형 독서로!

"인문학 다이어트 프로그램이 끝나도 읽고, 쓰고, 사색하고 걷는 활동을 습관으로 만드는 것. 꾸준한 습관만들기를 할 수 있다면 앞으로 무엇이든 마음먹은 건 다 할 수 있다고 생각합니다. 글쓰기의 매력에 빠져 저만의 스토리가 담긴 책도 내 보고 싶고, 문 작가님처럼 주위에 좋은 영향력을 많이 끼칠 수 있는 사람이 되고 싶습니다. 인다 4기 동기들과 관계도 지속적으로 이어나가고 싶고요."

이것은 2020년 1월 말 내가 썼던 답이다. 그때는 인문학 다이어트 프로그램을 만든 문 작가님이 이미 인문학 다이어트 4기를 시작한 지 한 달이 다 되어가던 시기였다. 그런데 작가님은 뒤늦게 합류하고자 했던 나에게 "인문학 다이어트를 통해 이루고 싶은 게 뭐냐?"라는 질문을 하신 것이다.

지금은 인문학 다이어트 4기 과정을 마친 후, 그 동기들과 인문학 다이어트전문가 과정 2기를 마무리하면서 책까지 함께 쓰고 있으니 내가 이루고 싶다던 것들이 미래형이 아닌 현재형으로 존재한다는 것이 놀랍기만 하다. 그래서 내가 겪은 이런 마법 같은 일이 어떻게 일어나게 되었는지를 소개하면서, 나처럼 새로운 자신의 잠재력과 만나고 그것이 매일의 힘으로 충분히 가능함을 발견해 나가는 분이 있기를 소망하며 이 글을 시작해 본다.

읽기와 나의 운명적 만남을 말하자면 시간 여행이 필수다. 엄마와 아빠가 모두 공교롭게도 7남매의 맏이신데, 그 집의 맏이로 태어난 운명에서 일탈과 방황은 내가 쉽게 꿈꿀 수 없는 영역이었다. 부모님께선 늘 "네가 잘 해야, 반듯해야 동생들이 다 본을 보는 거야."라는 말을 입에 달고 사셨으니…. 두 분 형제 간의 위치는 앞에서 말했으니 내가 감당해야 하는 사촌들의 수는 짐작에 맡긴다. 아무튼 부모님의 나를 옥죄는 이 말 때문에 쉽게 다른 곳에 눈을 돌릴 수가 없었다. 초등학교 때까지 내가 읽은 책이라고는 부모님이 사 주신 위인전이나 전집류가 다였으니.

그러다 중학교에 올라가면서 우연히 친구와 함께 가게 된 만화방. 나에게 만화방의 문은 호그와트에 가기 전에 해리가 서 있었던 9와 4분의 3 승강장이었다. 그런데 아무 때나 그 승강장이 나타나 주지 않았다. 내가 당당하게(이때의 '당당함'이라는 것도 결국 장소는 숨긴 시간에만 해당하는 것이었지만) 일탈을 이야기할 수 있는 유일한 기회는 시험 기간뿐이었다. 그래서 이유를 모른 채 결과만 들으면 딱 못매를 맞기 쉬운 상황. 시험 기간을 손꼽아 기다리는 아이가 나였다. 그 당시 3일 정도 이어지는 시험이 끝나는 마지막 날, 오전에 시험을 본 후 오후 내내 만화방에서 실컷 만화에 푹 빠져 있는 시간이 나에겐 세상에서 제일 큰 행복이었다. 지금 생각해보면 삼 일 내내 만화방에 가도 되었겠지만 그때는 시험 마지막 날에만 모험을 감행하는 소녀였다. 소심하기 그지없는 일탈에 불과했지만 말이다.

그 시절 내가 푹 빠져 읽었던 만화가 황미나 작가의 『안녕, 미스터 블랙』, 『불새의 늪』, 김혜린 작가의 『비천무』, 『불의 검』, 신일숙 작가의 『아르미안의 네 딸들』, 『리니지』, 『파라오의 연인』, 이은혜 작가의 『점프트리 A+』, 『블루Blue』, 이미라 작가의 『늘푸른 이야기』, 『인어공주를 위하여』, 『은비가 내리는 나라』, 김진의 『바람의 나라』 등이 있다. 또 작가는 외국 사람이라 기억이 안 나지만 제목은 선명하게 기억나는 만화인 『베르사유의 장미』 외에도 셀 수 없이 많은 만화가 나의 추억 속 목록뿐 아니라 현재 내가 소장하고 있는 책으로도 남아 있다. 그만큼 그 시절 만화에 대한 나의 애정은 중독 수준이었다. 『베르사유의 장미』는 TV에서 만화로도 보여줘서 그 당시 '장미~ 장미는 고귀하게 피고~ 장미는 장미는~~~~ 아름답게 지네.'라는 주제곡을 얼마나 열창하며 다녔는지 모른다. 자연스럽게 고등학교 세계사 수업 시간에 제일 열심히 들었던 단

원이 만화의 배경이 되었던 프랑스 루이 16세, 마리 앙투와네트가 나오던 시절의 프랑스 혁명 이야기였다. 김혜린 작가의 『비천무』도 중국의 원나라 말기를 배경으로 하고 있었으니 말하자면 역사도 만화로 먼저 배운 셈이었다. 그렇지만 자발적 동기가 먼저인 배움이었기에 세계사 시간에 누구보다 눈을 빛내며 열심히 선생님의 설명에 빠져들었던 기억이 아직도 고등학교 시절 세계사 과목의 노트에 여러 색깔의 흔적으로 고스란히 남아 있다.

이런 책 읽기의 즐거움에 빠져 있던 시기가 또 찾아왔던 건 고 3 수능이 끝난 후 방학 때다. 며칠간 낮인지 밤인지 구분도 안 될 정도로, 밥만 겨우 먹어가며 읽었던 황석영 작가의 『장길산』! 10권이나 되는 대작이었는데도 끝나는 게 아쉬울 정도로 소설 속 수많은 사람의 이야기에 흠뻑 젖어서 그 시절 인물 관계도까지 직접 종이에 그려가면서, 장길산과 산을 누비는 깨고 싶지 않은 꿈까지 꿔가며, 현실과 꿈의 경계선에서 독서가 마냥 즐거운 시절이었다.

그런데 이런 책 읽기에 대한 몰입도 한때 시원하게 내리다 마는 소나기처럼 내 삶에서 간헐적으로 찾아오기 일쑤였고 정작 교사라는 직업을 가지면서부터는 현실을 살아내기에 급급해 책을 손에 잡기가 쉽지 않았다. 그저 그때그때 필요한 책들을 빠르게 훑어보는 수준에서만 끝나고, 책에 대해 메모하고 인물에 공감하며 질문을 해 보는 활동은 거의 하지 않는, 앙꼬 빠진 붕어빵과 같은 독서만으로 나의 독서 이력을 채워나가고 있었다.

그러다가 마흔넷의 나이에 2020년 인문학 다이어트라는 프로그램을 블로그에서 접하게 되었다. 읽고, 걷고, 사색하고, 쓰고…. 이 네 가지를 통해 나를, 그리고 책을 새롭게 볼 수 있는 프로그램인 거 같아 호기심부터 생겼다. 네 가지를 모두 잘 해낼 자신은 없었지만 우선 책 읽는 건 끈질기게 할 수 있을 것 같다는 막연한 하나의 기대감이 용기로 이어진 순간!

　2월부터 시작한 인문학 다이어트를 통해 매달 책을 1권씩 읽고 필사하며 나의 짧은 생각을 보태고 그것을 한 달간 해 본 다음 마지막엔 책의 내용을 한 문장으로 정리하는 연습을 반복했다. 내가 인문학 다이어트 프로그램을 선택한 이유 중의 하나는 『인문학 다이어트』라는 책에서 접한, 도서관에서 3년간 책과 씨름하며 기어이 책을 연인처럼 늘 곁에 두고 보는 것으로 만들 수 있었던 작가님의 이야기에 대한 궁금증이었다. 그래서 내가 접해보지 못한 새로운 작가, 새로운 장르라면 겁부터 내고 아예 손댈 생각조차 하지 않았겠지만 작가님이 권해주는 책에 대한 믿음이 있었기에 하나하나 읽어나갈 수 있었다. 그렇게 책을 훑어 읽기만 했던 단순한 독서에서 벗어나 책을 읽어나가면서, 그것을 필사하면서, 단상을 쓰기 위해 글자들을 꼭꼭 씹어 먹으면서 나도 모르게 생각이 성장해 나가는 것을 깨닫게 되었다.

　한 작가의 다른 책을 읽으면서 작가의 삶을 통해 생각이 무르익으면 꿈이라는 것도 불변의 것이 아니라 충분히 다른 이름으로 변화되어 갈 수 있음을 책을 통해 배울 수 있었다. 자신을 '변화경영 전문가'에서 '변화경영 사상가'로, 그리고 다시 '변화경영의 시인'으로 말할 수 있는 구본형 작가를 통해 나는 어떤 사람으로 나이 들어가고, 무르익어 갈지를 고민해 볼 수 있었다.

책을 읽으며 책 내용을 자신의 언어로 간략하게 말할 수 없으면 그건 제대로 책을 읽은 게 아니라는 작가님의 말을 되새겼다. 이를 바탕으로 책을 읽거나 완독하고 난 다음엔 어떤 단어들이 나에게 남아 있는지, 그 단어들을 어떻게 조합하여 하나의 문장으로 녹여낼지를 감사한 숙제처럼 받아들고 끙끙대기도 했다. 그리고 그런 시간들이 모여 남게 된 문장 중에서 구본형 작가의 책으로 만든 '나만의 한 줄'은 이것이다!

* 익숙한 것과의 결별 - 온전한 나로 다시 태어나기 위해 지금 당장 나의 욕망에 귀 기울여봐!
* 깊은 인생 - 내 인생도 충분히 빛나고 있음을 깨닫는 순간 우리는 이미 깊은 인생에 발을 들여놓은 것이다.

인문학 다이어트를 선택한 것 자체가 나에게 익숙한 것과의 결별이었다. 그리고 그런 낯섬이 '달라지고 싶다'는 나의 욕망과 닿으니 내 인생도 충분히 아름답게 빛나고 있었음을 깨닫게 되었다. 깊은 인생이란 나이가 들어야만 얻을 수 있는 게 아니었다. 나를 사랑하고, 나를 들여다보는 시간의 소중함을 깨닫게 되었을 때 깊이 있는 인생은 이미 시작된 것이다. 특히나 내가 인문학 다이어트 프로그램을 시작한 2020년은 우리나라는 물론, 전 세계가 코로나 팬데믹으로 우울감에 빠져 있기 쉬운 시기였다. 이 때문에 이 우울감에 빠져 있을 틈을 주지 않았던 인문학 다이어트를 선택한 건 나에게 신의 한 수였다. 44년을 살아오는 동안 하루하루를 살아내느라 정작 나 자신은 제대로 들여다보지 않았음을 발견할 수 있는 시간이었다. 이렇게 가랑비에 옷이 젖듯 습관적인 독서가 몸에 배어 나가기 시작했고 지금까지 한 달에 3권 이상의 책을 꾸준히 읽고 그것을 블로그에 기록해 나가고 있다.

1년 가까이 프로그램을 하며 새롭게 들여다본 시도 많았는데 그 중에서 가장 인상적이었던 시는 사무엘 울만의 「청춘」이었다.

'청춘이란 인생의 어떤 한 시기가 아니라/ 어떤 마음가짐을 뜻하나니 …(중략)… 그대가 기개를 잃고, 정신이 냉소주의의 눈과 비관주의의 얼음으로 덮일 때,/ 그대는 스무 살이라도 노인이네. // 그러나 그대의 기개가 낙관주의의 파도를 잡고 있는 한/ 그대는 여든 살로도 청춘의 이름으로 죽을 수 있네.'

청춘이란 나이가 정해주는 것이 아니라 내가 어떤 일을 할 때 호기심을 가지고 있는지, 사람에 대한 관심이 살아 있는지, 따뜻한 시선으로 바라볼 마음이 있는지 그 마음가짐 하나하나가 새파란 빛이 번쩍이는 칼날처럼 살아 있을 때, 죽음을 눈앞에 둔 상황이라 할지라도 청춘이라고 부를 수 있다는 것이다.

나는 아무리 나이가 드셨더라도 눈빛이 살아 있는 분을 만나면 가슴이 뛴다. 그래서 80이 넘은 나이에도 눈빛으로 말을 하고 있는 피카소의 사진을 보면 "살아 있다!"라는 말이 입에서 절로 튀어 나오게 된다.

구본형 작가의 『익숙한 것과의 결별』에는 묘비명 이야기가 나온다. 그 부분을 읽었을 때 나는 내 묘비명을 '새로운 배움의 열정이 흘러넘쳤던 사람, 그 열정으로 주위를 적시고 이곳에 잠들다.'로 하겠다고 생각했다. 이제는 여기에 하나 덧붙이고 싶다. '죽는 순간까지 읽기를 멈추지 않는 청춘의 마음가짐을 가진 자, 이곳에 잠들다'라고.

작은 습관의 변화가 가져온 나비효과

서정주 시인은 「자화상」이라는 시에서 '스물 세 해 동안 나를 키운 건/ 팔 할이 바람이다.'라고 노래했는데 마흔넷 나를 키운 건 무엇일까? '그럼 결혼 전 나를 키워왔던 건 무엇이었을까?'라는 질문을 스스로에게 던졌을 때 가장 먼저 떠오른 사람이 나의 엄마다. (이제는 '어머니'라는 말이 더 자연스러운 나이가 되어버렸지만 '엄마'라는 말이 주는 '살가운 내 사람', '한없는 어리광을 언제라도 부릴 수 있는 세상 하나뿐인 존재'라는 의미를 어떻게 대체할 수 있을까!)

자식 자랑이라면 날밤이라도 샐 수 있을 정도로 말할 거리를 몸 안에 늘 장착하고 있는 고슴도치 엄마는 내가 어릴 때부터 '동양적인 미인'이라는 말을 자주 해주었다. 그 덕분에 자존감에 큰 상처를 받지 않고 커 올 수 있었다.

"은주야, 너는 이마가 볼록 튀어나와서 얼마나 좋은지 모르제?"

"은주야, 너는 얼굴이 달걀형이야. 그건 미인형이라는 거야."

"은주야, 너는 키가 작은 거 하나만 빼면 진짜 나무랄 데가 없는
데… 정서방이랑 결혼할 때 얼마나 아까웠는지 모르제?"

"니 하얀 피부는 너거 아빠 닮아서 그런 거 아이가! 니가 키만 더
컸어도 미스코리아 내보낼라고 했는데….."

이러면서 맏딸에 대한 무한한 애정을 당사자가 무안하리만치 아
직도 외손자, 외손녀들에게 털어놓으신다. 그럴 때마다 항상 수식
어처럼 따라붙는 말이 있다.

"너거 엄마는 다른 건 잘 했는데 운동은 진짜 못했다. 운동신경
이 없어서…."

이런 나에 대한 단점이나 부정적인 이야기도 원래는 나에게 폭
풍칭찬을 아끼지 않는 엄마가 하는 말이었기에 반발심보단 어릴
때부터 운동을 못하는 아이, 운동신경이 없어서 해도 소용없는 아
이라는 생각을 당연하게 하며 커 왔다. 중·고등학교 때 했던 체력
장이나 체육 과목에서 낮은 점수가 나오면 '맞아, 엄마가 그랬잖
아. 역시 난 운동과는 거리가 멀어.'라고 그것을 눈앞에서 누군가
가 증거물로 들이민 것처럼 혼잣말을 중얼거리곤 했다. 이렇게 내

모습에 대한 나의 느낌이나 생각들은 내가 들여다보며 느끼는 감정들이 아니라 어릴 때부터 들어온 엄마의 이야기들로 형성된 것이 많다. 세뇌 아닌 세뇌를 받아왔달까?

2020년 인문학 다이어트 프로그램에 동참할 때 읽기, 걷기, 사색, 쓰기 중에서 특히 '걷기'라는 항목을 보면서 이 프로그램을 통해 나와는 너무 거리가 먼 당신이었던 운동도 어쩌면 친구가 될 수 있지 않을까 하는 생각으로 설렜다. 운동을 하고는 싶지만 그것이 머릿속에만 머물러 있고 실천으로, 행동으로 옮겨지지가 않았기에 이런 프로그램을 통해서라도, 나를 지켜보는 눈이 무서워라도 할 수 있을 것 같았다.

습관만큼 어렵고도 쉬운 게 있을까! 그런데 우리는 늘 습관을 바꾸는 결심이라는 걸 왜 1월 1일에만 해야 하는 거지? 내가 마음만 먹으면 하루에 계단 5개 오르기, 아령 한 번 들기처럼 정말 쉬운 것도 할 수 있을 텐데…….

걷기의 중요성, 운동의 중요성은 알고 있지만 그동안 시간이 없어서, 다른 할 일이 많아서, 몸이 피곤해서라는 수많은 다른 핑계를 찾아왔던 게 아니었을까. 『빨강머리 앤이 하는 말』의 작가로 알려진 백영옥은 '백영옥의 말과 글'이라는 칼럼에서 이런 말을 했다.

우리는 실수의 핑계를 찾는다는 것이다. 비가 오든 눈이 오든 바람이 불든 밖에 나가야 한다. 그래야 맑은 날뿐만 아니라 모든 날이 아름답다는 걸 깨닫게 된다. (중략) 인생은 모든 과정이 중요하다. 시간은 '나는 것'이 아니라 '내는 것'이다. 바로 지금 여기에서.

그래서 인문학 다이어트는 내 삶에서 GPS와 같은 역할을 해 주었다. 방향을 잃었을 때 나의 위치에서 내가 가야 할 곳을 알려 주는 GPS처럼 인문학 다이어트를 통해 좋은 사람들과 함께 할 수 있었고(Good People System), 인생의 중요한 터닝포인트(Good Point System)를 만들어 주었다. 시간을 '내는 것'이 내가 고개 돌리지 않았던 삶에서 얼마나 다른 풍요로움을 선사하는지를 깨닫게 된 건 또 다른 덤이었다.

'걷기'를 통해 내가 제일 처음 달성하고 싶었던 목표는 누구나 새해 첫 소망으로 꼽는 '다이어트'였다. 인문학 다이어트를 시작할 때 하루 목표로 잡았던 걸음 수는 7천 보였다. 마음 같아선 매일 만 보씩 걷고 싶었지만 처음부터 너무 무리하게 목표를 잡았다가 제풀에 지칠까 봐, 혹은 목표를 달성하지 못한 실망감을 계속 맛볼까 두려워 원래 잡고 싶었던 목표치보다는 조금 낮게 잡았다. 이렇게 다이어트를 결심하게 된 건 1년에 7kg가 넘게 불어난 몸무게 때문이었다. 학교에서 같은 학년에 있는 선생님들과 학년실을 함께 쓰면서 사 둔 간식거리가, 남아서 일을 할 때가 많았던 내 몫이었기에.

그래서 '걷기'를 통해 우선 내 몸의 다이어트부터 시작해 건강을 회복해 나가야겠다는 생각에 가벼운 운동화부터 사서 매일 밤 10시 정도가 되면 집 앞의 공원에 가서 열 바퀴씩 돌았다. 원래 야행성 인간이기도 했지만 세 아이를 키우며 정작 내 시간을 내기가 쉽지 않아 늦은 밤에 나만의 시간을 가지는 경우가 대부분이었다. 그래도 늦은 시간에 나가면 운동하는 사람들과 동선이 덜 겹치기도 하고 상쾌한, 때로는 서늘한 밤바람이 뺨에 닿는 촉감도 좋아서 머리가 맑게 깨는 느낌이라 밤에 집 밖으로 나갈 때는 무척 신이 나 있었다.

그렇게 혼자서 이런저런 생각에 빠져서 신나게 걷기를 한 지 몇 달이 지나자, 신랑이 색다른 제안을 하였다.

"당신도 그렇고 나도 그렇고, 어차피 걷는 거 다른 시간에 나가지 말고 이제 애들도 컸는데 같이 나가면 어떨까?"

신랑은 어릴 때 육상부 활동도 하고 코로나가 심해지기 전인 2019년까지 하프 마라톤에도 출전할 정도로 걷기를 좋아하고 틈만 나면 집 앞의 공원을 걷거나 뛰는 게 일상인 사람이었다. 그런데도 그동안 같이 걸으며 이야기를 나누자는 말은 왜 못 했을까?

"그냥 계속해서 공원 트랙만 돌면 지겨우니까 이왕이면 같이 아파트 주변을 크게 돌면서 운동도 같이 하고 필요한 게 있으면 같이 사자."라고 해서 그때부터 자연스럽게 밤 10시만 되면 마스크를 쓰고 둘이서 손을 꼭 붙잡고 집 밖으로 나가는 것이 일상이 되었다. 이런 변화가 가져다 준 첫 번째 선물은 신혼 시절을 되찾은 것이다. '캠퍼스 커플로서 연애 9년, 결혼생활 15년을 한 사람들인데, 이게 대체 무슨 말이야?'라는 말도 나올 법하지만 사실이었다.

신랑은 직장 없이 결혼했기에 신혼 때에도 공부하느라 바빠 얼굴을 볼 틈이 없었고, 직장을 가진 후에는 아이들 키우기라는 그다음 목표가 대기하고 있었다. 그래서 정작 우리 둘을 들여다볼 시간이 없었다. 말하자면 둘이서만 대화를 나눌 수 있는 신혼다운 신혼을 그제서야 누리게 된 것이다. 막상 걸으면서 대화를 해 보니 그동안 우리에게 이 대화라는 것이 얼마나 필요했던 것인지 더 절실하게 와 닿았다. 변화라는 키워드가 가져온 두 번째 선물은 부자 간 갈등의 실마리 풀기였다. 큰아이가 중학생이 되면서 동면하기 위해 동굴 속에 들어가는 곰처럼 방 안의 세계에만 머무는 모습 때문에 신랑과의 갈등 상황이 반복되고 있었다. 그런 와중에 함께 밤 산책을 하면서 신랑이 하고 싶었던 속이야기들을 들어주었다. 그리고 마음이 좀 누그러진 상황에서 집에 들어가 다시 큰아이와 이야기를 하기 시작했고 지금은 한결 편안해진 부자관계를 보면 내 마음도 흐뭇해진다.

신랑과 둘이 나선 산책길에 가끔씩 반가운 손님들이 등장할 때도 있다. 우리 아파트를 지나 20여 분 더 가면 다른 아파트의 코너를 도는데 그때 딸아이들이 몰래 따라오다가 "우왁!" 하며 갑자기 나타나 "까르르~~~" 웃음을 터트리곤 한다. 평소엔 말이 없는 둘째도 산책에 따라나섰을 땐 친구 이야기나 유튜브 이야기도 쉽게 꺼내고, 조잘조잘, 재잘재잘 늘 할 이야기 보따리를 몸속에 날개처럼 달고 있는 셋째까지 합세하면 신랑과 난 말을 꺼낼 틈이 없다. 막내는 자기 이야기, 친구 이야기, 학원 이야기, 주변에서 보이는 것들에 대해 궁금한 것 등 무언가를 물어보고 이야기하는 데 주저함이 없다. 그래서 넷이서 함께 하는 산책은 늘 시끌벅적하고 생기가 넘친다.

집에 돌아오면 요란한 컴퓨터 게임으로 친구들과 만나는 큰아이와도 함께 운동을 할 방법이 없을까를 고민하게 되었다. 그러던 어느 날 밤 산책을 하다가 딸아이들이 운동하면서 많이 본다는 유튜브 채널들 중에서 '땅끄부부'를 알게 되었다. 그래서 큰아이를 설득해서 다섯 식구가 모두 자기 전에 거실에 둘러앉아 요가매트를 깔고 10분씩 홈트를 시작했다. 다섯 식구가 누워서 온몸을 움직여야 하는 운동을 하다 보니 손과 발이 부딪히기 일쑤였지만 그것마저도 재미있어 밤 12시 정도가 되면 자연스럽게 거실에서 가족들이 만나 또 다른 대화의 장을 펼쳐나갔다. 혼자 하면 '달밤의 체조'라는 핀잔을 듣기 딱 좋은 '밤 운동'을 가족들과 함께하니 외롭지 않게, 오히려 즐겁게 꾸준히 이어나갈 수 있었다.

이렇게 처음엔 단순히 나의 건강을 지키기 위해서, 운동과도 친해지기 위해서 시작했던 걷기라는 목표가 6개월 이상 신랑과의 데이트 산책, 세 아이와의 홈트로 확장되어 나가면서 가족애도 더 돈

독해지게 되었다. 7kg 가까이 불어났던 몸무게는 1년 가까이 걷기를 하면서 5kg 이상 빠졌다. 몇 달째 주말엔 신랑과 함께 등산도 하고 있다. 걷기 인증을 위해 사용하기 시작한 삼성 헬스 앱에서 나의 걷기 수준이 40대 상위 1%라는 것을 확인할 수 있었다. 사소하게만 생각했던 걷기라는 습관이 이런 큰 변화들을 불러오고 있는 것이다.

「가지 않은 길」에서 로버트 프로스트는 이렇게 말했다. "숲 속에 난 두 갈래 길이 있었고, 사람들이 적게 간 길을 택했는데 그것이 자신의 모든 것을 바꾸어 놓았다."라고. 6개월 동안 지속한다는 것은 결코 쉬운 일이 아니다. 하지만 나는 쉽지 않은 그 길을 선택했고 하루도 빠짐없이 인문학 다이어트 과제를 수행하면서, 걷기를 하면서 좋은 습관에 길들여질 수 있었다.

언뜻 '길들임'이라는 말은 반감을 가지게 하지만 기분 좋은 길들임은 익숙함이고 반가움이다. 부부가 되는 것, 부모가 되는 것, 가족이 되는 것은 모두 그런 기분 좋은 길들임으로 하나가 되는 느낌을 받을 수 있는 공간이기 때문이 아닐까? 길들이고, 길들여지는 것은 누군가가 주도권을 잡는 게 아니라 자연스럽게 물들어가는 것이다.

인문학 다이어트가 나에게 스며든 것처럼 나 또한 만나는 사람에게 언제나 설렘 가득한 마음으로 물들어가고, 스미어들고 싶다. 내 작은 날갯짓의 변화를 전해주고 싶다.

내 삶에서 만난 수묵화 한 점

'수묵화 한 점을 마음에 담아둔 적이 있는가?'

그림 한 점이 있다. 온통 흰색으로 가득한 산 속에 외딴 집 한 채가 덩그러니 놓여 있다. 여백 투성이 그림이라 시선은 자연히 외로이 있는 집으로 향한다.

어린 시절 처음 접했던 동양화, 즉 수묵화들은 서양화에 비해 색채감도, 화려함도 없었지만 이상하게 사람의 마음을 끄는 무언가가 있었다. 그리고 그림의 사연들에 대한 궁금증이 꼬리에 꼬리를 물고 이어졌다.

'고즈넉한 산, 말 없는 저 산은 실제로 존재하는 산일까? 아니면 화가의 상상 속 공간일까?'

'저 그림 속에 있는 집엔 어떤 이가 살고 있을까? 혼자 살까? 아

님 벗이 있을까?'

'그 사람은 왜 산 속에 있을까?'

'그전에 어떤 일을 겪은 사람일까?'

'방문을 열고 나오면 어떤 일들을 하며 지낼까?' 등등….

우리 삶에서 사색이라는 게 이런 것이 아닐까? 삶이라는 빽빽한 일상을 어떻게든 채워 넣기에만 급급하다가 잠시 붓을 놓고 내가 그리고 있는 그림을 잠시 바라볼 수 있는 삶의 쉼표 하나.

사색이 질문을 가져오는 건 여백이 있기 때문이다. 그런데 그런 여백을 내 삶에서 많이 허락해 주었는지를 반문해보니 바로 "아니"라는 답이 나왔다. 왜 이렇게 "아니"라는 답이 생각할 여지도 없이 나왔을까? '여백을 허락'하면 내가 내 삶에 무책임한 사람이라는 오명을 쓸 수도 있어서? 내가 게으른 사람이 될 수도 있어서? 그런 주위 사람들의 시선을 의식하며 빈틈없이, 누가 봐도 완벽해 보이는 꽉 들어찬 그림을 그리려고만 했다. 그러면서 정작 그 속엔 내가 없었다. 나를 들여다보는 내가.

인문학 다이어트 프로그램을 하면서 혼자 걷는 시간들 속에서 자연스레 사색할 시간이 늘어났고 그러다 보니 그동안 열어두지 않았던, 내 마음속에 있는, 나와 마주하는 시간들이 툭툭 올라오기 시작했다. 그러면서 질문도 함께 생겨났다.

이십여 년을 교사로 살아오면서 가장 많이 한 것을 꼽으라면 학생들에게 질문을 던지고 그 답을 알려준 것이다. 그래서 정답을 말하지 못하면 초조함부터 생겨났다. 반면 이제는 숨 쉬는 것처럼 자연스럽게 답보다는 먼저 수많은 질문을 하는 사람으로 바뀌었다는 게 인문학 다이어트를 하기 전과 달라진 가장 큰 차이점이라고 할 수 있다. 말하자면 인문학 다이어트는 내 삶에서 만난 수묵화 한 점이다.

질문으로 채워나간 수묵화 속 나의 첫 번째 그림은 시 쓰기!

인문학 다이어트를 하며 시를 자신의 언어로 다시 써 볼 때 여느 때보다 더 깊이 고민하고 생각에 빠지는 몰입까지 경험할 수 있었다. 너무도 유명한 장석주의 '대추 한 알'이라는 시와 마주했을 때 '이 시를 어떻게 나의 언어로 표현할까?'를 가지고 산책하는 내내 물고 늘어졌다. 동물, 식물, 눈에 보이는 물건들? 원앙새 두 마리? 풀 한 포기? 희생의 의미를 가지는 것들? 사람들의 발길에 차이기만 하는 돌멩이? 아이들의 손에서 잘디잘게 조각나는 지우개들? 여러 갈래로 엉켜가기만 하던 생각의 실타래 속에서 어느 순간 '나'라는 단어가 손님처럼 슬그머니 찾아왔다.

'그래! 나에 대해서 한번 생각해 보고 그걸 가지고 시를 써 보자!'

지금의 나를 만든 건 무엇이 있을까를 계속 떠올려보면서 그 속에 들어갈 말을 썼다 지웠다 하기를 수십 번…. '성은주'라는 내 이름이 가진 의미를 시로 만들어봐야겠다는 생각이 불현듯 들었다. '이룰 성, 은 은, 구슬 주, 成銀珠'! 내 이름을 풀어보면 '은구슬을 이루다'라는 뜻을 가지고 있으니 충분히 아름다운 이름이 될 만하다.

'은주'라는 이름의 구슬 하나

저게 저절로 완성되었을 리는 없다.

저 안에 '맏이'라는 이름의 책임감 하나

저 안에 세 아이의 엄마라는 단짠의 세월 둘

저 안에 후회 없는 삶을 위해 보낸 숱한 불면의 시간들이 있어

은구슬로 빛나는 것일 게다

저게 혼자서 사랑을 알았을 리는 없다

저 안에 해마다 손녀에게 연하장을 써주시던 외할아버지의 손길 몇 년

저 안에 말없이 깨진 액자를 갈아주신 아버지의 우렁각시 같은 손길

수십 년

저 안에 딸 자랑이라면 날밤도 샐 수 있는 울 엄마의 손길 수십 년

더하기 하나가 보태져서

참사랑의 의미를 알았을 게다

은주야

너는 참 고마운 사람들이 있어 빛날 수 있구나

내가 쓴 건 시 하나지만 나를 소재로 썼기에 자연스럽게 그 속에 내 삶이 녹아들어 있었다.

질문으로 채워나간 수묵화 속 나의 두 번째 그림은 생활 속에서 만난 단어들이나 마주치는 물건들의 의미 찾아보기!

질문하는 힘을 키우기 위해서는 질문의 꼬리에 다시 꼬리를 물면서 지속적인 생각의 나래를 펼칠 수 있어야 한다. 책을 읽으며 떠올랐던 사색의 주제들 중 하나가 "동네가 사라진다는 건 이름이 사라지는 것이다"라는 구절의 의미가 무엇인지 생각해 보는 것이다.

'동네'와 '이름'이라는 키워드가 동네에 있는 가게들, 특히 구멍가게의 모습으로 자연스럽게 생각이 펼쳐졌다. 왜 동네에 있는 작은 가게들을 구멍가게라고 할까? 대형 마트에 비해 너무나 보잘것없는 크기 때문에? 아니다. 아이러니하게도 우리는 그 작은 구멍가게 속에서 비로소 사람과 사람으로 만날 수 있기 때문이다. 무슨 말이냐고?

우리 아이들이 아주 어릴 때 참 많이도 들렀던 '태3 마트'. 가게 주인아저씨의 아이들이 모두 '태' 자 돌림이라 가게 이름도 그렇게나 정겨웠던 곳. 이 구멍가게를 집에 있는 아이들을 데리고 소소한 물건들을 사러 참 많이도 들락날락거렸다. 그때마다 주인아저씨, 아주머니는 아이들을 환대해 주시면서 가끔은 아이들이 가져온 돈이 부족할 때에도 슬쩍 눈을 감아주시기도 했다. 마치 『이해의 선물』에 나왔던 위그든 씨처럼…… 늘 아이들의 이름을 하나하나 불리 주며, 이런저런 안부와 질문으로 꼬마 손님이지만 아이들을 존중해 주셨다. 그러던 가게가 10여 년이 흐르면서 주위에 대형 마트가 생기자 더는 버티지 못하고 문을 닫게 되었을 때 어찌나 서운하던지. 어린 아이들이 직접 심부름을 가는 즐거움, 작은 물건들 앞에서 무얼 고를까 초롱초롱 눈을 빛내는 모습을 보고 싶다면 동네 구멍가게들을 지켜나가야 한다.

인문학 책들과 『사색이 자본이다』라는 책을 집필한 김종원 작가님은 책을 집필할 때의 어려움을 묻는 질문에 "원고지 속의 흰 여백은 나에게 와서 흰머리가 되었고, 나의 검은 머리는 책 속에 글자로 스며들었다."라고 답했다고 한다. 사소할 수 있는, 뻔할 수 있는 집필의 고충조차 이렇게 멋지게, 문학적으로 표현할 수 있다니 역시 대단한 문장가다웠다.

'사색'이라는 것 또한 특정한 시기나 장소를 정할 필요 없이 순간순간 떠오르는 것들 속에서 새로운 발견을 하는 경우도 많다. 나역시 '꼬리에 꼬리를 무는 질문'이 가장 폭발적으로 생겨났던 순간도 운전을 하면서 신호등 색깔을 쳐다본 순간이었다.

'왜 좌회전 신호는 적색 신호와 함께 나올까?'

'황색 신호는 어떤 의미일까?'

'신호등 불빛을 인생에 비유해 본다면 어떤 의미를 찾을 수 있을까?'

사람들은 자신의 인생이 직진 방향으로 곧게 뻗어나가 탄탄대로

만 달리기를 소망하지만 실제 삶에선 다양한 곡선의 변주와 만나게 된다. 그럴 때 얼마나 유연하게 그 코너에서 자신만의 힘을 빼고 적당한 속도로 멈출 수 있는 힘을 갖고 있느냐가 중요해진다. 운전을 할 때 급한 마음에 코너에서 빠르게 손잡이를 돌려버리면 차의 무게 중심이 한쪽으로 쏠려서 기우뚱하며 순식간에 전복될 수 있다. 너무 느리게 가도 다른 차에 방해가 될 수 있고, 반대로 너무 빠르게 가다 보면 나의 조급함이 뜻하지 않게 주위에 있는 많은 이들에게도 피해를 입힐 수 있다는, 어찌 보면 당연하지만 간과하고 있었던 사실을 신호등을 보며 배울 수 있었다. '그래, 인생에는 유연한 속도 조절이 필요하지!'

사색을 통해 내가 스스로에게 해 본 생활 속 새로운 질문들.

'문제를 '왜'와 '어떻게'로 접근해 본다면 어떤 다른 방법들이 나올 수 있을까?'

식구들이 음식을 주문해서 먹을 때 항상 따라오는 것이 있다. 바로 '콜라'와 '나무젓가락'. 가족들이 모두 콜라를 좋아하지 않아 그렇게 받게 되는 콜라나 나무젓가락은 계속해서 쌓여나갔고 베란다에는 불필요한 것들이 많은 공간을 차지하고 있었다. 그래서 명절 때 한 번씩 콜라를 좋아하는 친척들의 손에 많은 개수의 콜라를 들려서 보내기도 했지만 질문하지 않았을 때에는 그것을 쉽게 해결할 방법이 떠오르지 않았다. 그러다가 문득 '왜 우리 집엔 콜라가 넘쳐나지? 왜 먹지도 않는 콜라가 베란다 공간을 이렇게 불편하게 차지하고 있지?'라는 질문을 하게 되었다. 그다음 질문이 '어떻게 콜라를 없앨 수 있을까?'였다. 주문할 때 아예 받지 않으면 된다는, 가장 단순하지만 명쾌한 해답을 얻을 수 있었다. 해답은 멀리 있었던 것이 아니었다. '왜'와 '어떻게' 속에 이미 그 답이 있었음을 새롭게 배우게 된 다음부터 의식적으로 이 질문들을 계속 해 보는 습관도 갖게 되었다.

강민호 작가는 "사행습인운思行習人運"이라는 말을 했다.

> '생각을 바꾸면, 행동이 바뀌고/ 행동을 바꾸면, 습관이 바뀌고/ 습관을 바꾸면, 인격이 바뀌고/ 인격을 바꾸면, 운명이 바뀐다.'
>
> 『브랜드가 되어 간다는 것』(강민호)

결국 정해진 운명조차 바꿀 수 있는 출발점은 나의 생각의 전환이며 이러한 생각의 전환에 가장 필요한 것이 결국 질문을 던질 수 있는 사색의 시간이다.

이제 더는 혼자 있는 시간이 두렵지 않다. 오히려 감사하다. 그 시간이 바로 내 삶의 여백이며, 질문으로 새로운 빛깔을 담은 나만의 그림을 그려갈 수 있기 때문에.

쓰는 사람 앞에 장사 없다

사람들마다 선입견이라는 걸 가지기 마련인데 나 또한 만나는 사람들에게 국어 선생님이라고 소개하면 으레 열에 아홉 정도는, "말을 잘 하시겠네요." 또는 "글을 잘 쓰시겠네요."라는 말부터 한다. 그래서 그다음 대화부터는 말을 꺼내거나 글을 쓸 때 한층 더 부담되고 조심스러워 어디 가서 내 소개를 할 때에도 '국어 선생님'이라는 말과 함께 '그렇지만 글을 잘 못 써요.'라는 말이 습관처럼 따라붙어 버렸다. 물론 국어 교사가 된 분들 중에는 어릴 때부터 작가의 꿈을 가지고 글쓰기를 취미처럼 생활화하시는 분도 있겠지만 나 같은 경우엔 작가라는 직업은 나와는 전혀 다른, 내가 감히 다가갈 수 없는 세계 속의 '그림의 떡'이었다.

'이런 글쓰기의 두려움이 가득한 내가 어떻게 국어 교사가 됐을까?'라는 질문을 스스로에게 던졌을 때 가장 먼저 생각 난 장면이 고등학생 시절의 어느 날.

'내일부터 난 드디어 고등학생이야! 야호!!! 존재감 제로였던 중학교 시절은 이제 나에게서 빠이빠이~~~'

엄마가 가끔 불렀던 "어느 날 여고 시절~ 우연히 만난 사람~"처럼 가슴 뛰는 연애나 첫사랑도 왠지 만날 것만 같은 환상이 가득한 고등학생 시절은 그렇게 시작되었다. 내가 간 고등학교는 특히나 동아리가 활성화되어 오랜 전통을 이어오고 있는 곳도 많았다. 아침마다 선배들이 교실 문을 두드리고 들어와 동아리를 열심히 홍보했는데 내가 들어가고 싶은 동아리도 갈수록 늘어갔다. 그러다 운명처럼 내 마음에 들어온 동아리가 '에덴EDEN'이었다.

선생님보다 선배가 더 하늘 같고 두려운 존재였던 고등학교 시절, 교실 문을 열고 띄엄띄엄 놓인 책상 열 개에 앉아 있는 선배들이 던지는 질문을 하나씩 통과하며 보던 동아리 면접 시험이 내 인생의 가장 가슴 짜릿한 첫 번째 비상이었다.

그렇게 시작한 동아리 활동에서 나의 두 번째 비상은 바로 책을 읽고 그것을 시로 만들어보는 독후시 제작이었다. 책을 읽고 그것을 시로 다시 표현하느라 몇 달 동안 끙끙 앓았던 기억이 아직까지 생생하게 남아 있다.

이런 글쓰기의 강렬한 경험, 책 읽는 즐거움, 교과서에도 나오지 않던 백석의 「여승」과 이용악의 「낡은 집」을 우리들에게 낭송해주셨던 국어 선생님의 잊히지 않는 수업이 결국 오늘의 '국어 교사인

나'를 만들어준 게 아닐까?

　문제는 국어 교사가 되어도 지속적인 글쓰기를 경험해 보기는 쉽지 않다는 것이다. 그래서 인문학 다이어트 프로그램을 하면서 날마다 올라오는 인문학 다이어트 과제로 글을 쓰는 것이 처음에는 너무나 부담스러운, 그래서 내려놓고 싶은 마음도 불쑥불쑥 헤집고 들어오는 짐이었다. 내 생각을 글로 풀어낸다는 것, 특히나 그것을 언어적 감수성이 드러나게 표현한다는 것이 녹록한 작업이 아니었다.

　사람들이 만나 대화는 쉽게 하면서도 막상 "이제 그만 글로 자신의 생각을 표현해 볼까요?"라는 말에 대부분은 부담감부터 느끼게 된다. 글이라는 건 아무나 할 수 없는, 나와는 다른 세계에 있는 작가만이 할 수 있는 전유물로 여기기 때문에. 그런데 막상 글쓰기와 관련된 책을 쓰신 분들은 글쓰기는 어려운 게 아니라고, 하루 세 줄 쓰기부터 시작하면 된다고 이야기한다.

　결국 모든 건 나의 마음 먹기에 달려 있다는 것이다.

　2월부터 인문학 다이어트 프로그램에 참가해 오면서, 매일매일 조금씩 글쓰기를 습관화하다 보니 내가 글쓰기를 못하는 게 아니라 안 하고 있었다는 걸 깨닫게 되었다. 뭐든 첫 술에 배부를 수 없고 하루아침에 특별한 재능이 내 몸에 깃들게 할 수는 더더구나 있을 수 없는 것이다. 가랑비에 옷이 젖듯 그렇게 시나브로 물들어 가는 것도 글쓰기가 될 수 있는 것인데…….

쓰다 보니 결국 글쓰기라는 것은 우리 곁을 지나가버리는 일상이나 과거를 계속 현재화해 나가는 것이다. 기록해두지 않으면 날아가 버리는 '생각'이라는 풍선의 끈에 추를 매달아 내 곁에 머물게 하는 것, 그것이 내가 생각한 글쓰기다.

인문학 다이어트를 시작한 작가님이 작가의 의미에 대해서 말했던 부분이 뇌리에 강하게 남아 있다.

'作지을 작, 家집 가' 작가란 집을 짓는 사람.

형체가 보이는 건물을 짓는 사람이 건축가라면 자신만의 정신의 집을 짓는 사람이 작가라고. 하이데거는 언어를 존재의 집이라고 했듯이 자신의 존재의 집, 정신의 집을 지을 수 있는 사람이 작가이며 그런 작가는 지속적인 글쓰기를 통해서 가능한 것이라고.

글쓰기를 하면서 이전보다 일상을 더 유심히 관찰하는 버릇이 생겼다. 그리고 나를 들여다보는 시간을 매일 조금씩 갖고 있다. 이 시간들이 쌓여 나의 색깔을 만들어갈 것이고, 조금씩 다른 빛깔로 빛날 나와 만나는 설렘을 매일매일 품어본다.

태어나면서부터 글을 잘 쓰는 사람은 아무도 없다. 되든 안 되든 무조건 써야 하고, 그렇게 써 보는 과정에서 나의 삶이 수면 위로 떠오를 수 있고, 심연에 갇혀 있었거나 모르고 지나쳤던 나와의 만남이 비로소 가능해진다. 결국 글쓰기는 묻혀 있던 원석인 나를 발견해내고, 그것을 갈고 다듬어 다이아몬드의 가치를 가진 나로 만들어주는 과정이다.

작가님은 인문학 다이어트를 하면서 블로그의 중요성을 계속 강조하셨다. 일기를 쓰고, 노트에 자기 생각을 적는 건 독자가 자신밖에 없으니 쓰기를 지속하고 힘을 얻으려면 블로그에 기록을 남기고 나와 연대를 맺을 수 있는 사람들을 독자로 만들 수 있어야 한다고. 자신을 알리는 데 가장 좋은 소통의 도구가 블로그라고.

처음엔 그게 어떤 의미인지를 알지 못했다. 블로그에 글 하나 남기는 것도 쉽지 않고 어떤 이야기들을 올려야 할지도 도무지 감이라는 게 오지 않았다. 그런데 인문학 다이어트를 시작하면서 하게 된 블로그 글쓰기가 어느덧 1년이 넘어가고 있는 즈음 이제 '블로그 글쓰기'가 왜 중요한지를 조금씩 알아가고 있다. 글을 써 보면서 내가 어떤 쪽에 관심을 갖고 있는지, 그리고 내가 쓰는 글 중에서 독자들은 어떤 이야기에 반응해 주는지, 시간이 지나가면서 나의 글쓰기는 어떤 변화를 겪고 있는지를 블로그 글쓰기라는 확실한 스승을 통해 배워나갈 수 있는 것이다.

파트리크 쥐스킨트는 『문학의 건망증』에서 수없이 망각의 강을 건너는 글 읽기를 하면서 '너는 네 삶을 변화시켜야 한다'라는 구절이 자신의 뇌리에 남았다고 하였다. 이러한 변화는 어느 순간 나에게 찾아오는 것이 아니다. 우공이산愚公移山이라고 했듯이 결국 글쓰기도 쓰는 사람 앞에 장사 없는 법이다. 아무리 느리더라도 꾸준함을 가지고 있는 사람은 자신의 꿈을 현실로 만들 수 있는 사람인 것이다.

나는 인문학 다이어트 프로그램을 통해 읽기, 걷기, 사색, 쓰기를 하면서 이 네 가지가 어느 순간 하나로 합쳐지는 놀라운 경험을 했다. 그날도 어김없이 집 앞의 공원을 걸으며 사색에 빠져 있었다. 그런데 그즈음 한창 몰입해서 읽고 있던 김금희 작가의 『경애의 마음』이라는 작품 속의 인물들이 나에게 말을 걸어오는 게 아닌가! 그 순간 나도 모르게 휴대폰에서 메모 앱을 펼쳐서 경애의 이야기를, 상수의 이야기를 시로 펼쳐나가며 몇 번의 수정을 거쳐 다음과 같은 시를 쓸 수 있었다. 안도현 시인의 「스며드는 것」이 내 머리와 마음을 통과해 이렇게 다른 이야기로 탄생한 것이다.

기억이라는 것

(부제: 경애의 마음)

그이가 기억 속에

나를 향해 환하게 웃고 있다

그리움에 미안함에 울컥울컥 눈물이 쏟아질 때

열일곱 그날 나를 잡아주었던 손길이

화염의 불길 속에서 사그라질 때

"왜! 왜! 왜!"를 외치며

꿈속에서도 너를 찾아 헤매고 있었다

봉인된

판도라의 상자가 열렸을 때

희망이 남았다는데

내 마음의 상자에는

E라는 이니셜이 화석처럼 남아

누구에게도 발견되지 않게 꽁꽁 숨겨 놓았어

몇 해의 봄이 흘렀어

그런데 난 아직 프랑켄슈타인프리징이야

난 아직 열일곱의 박경애야

아무것도 아닌 것

(부제: 상수의 마음)

낙하산이란

불시착을 위한 안전장치라는데

나는 어찌하여

어느 곳에도 내리지 못하고

가상의 공간에서

언니로

내 삶의 이유를 찾고 있는 것일까

'언죄다'

내 삶은 유죄다

비열함 뒤에 숨은

아버지가 있고

순백의 외로움 속에 스러져간

어머니가 있다

아무것도 하지 않으면

아무것이 되고 만다

그래서 나는 오늘도 언니가 된다

과거의 기억 속에서, 상처 속에서 쉽사리 빠져나오지 못하는 경애와 자신의 존재 이유를 현실에서 찾지 못하는 상수가 만나 서로의 아픔을 공감해주는 이야기가 나에게 스며들어 이렇게 시라는 다른 장르로 나올 거라곤 생각지도 못했던 일이었다. 그런데 놀랍게도 글쓰기를 하다 보니 사람의 마음이 보이기 시작했다. 그리고 잘 쓰든 못 쓰든 간에 필력도 조금씩 늘고 있다는 행복감과 자신에 대한 뿌듯함이 밀려왔다.

돌이켜보니 글쓰기 안에서 가장 많이 만난 단어가 결국 '교사'라는 나의 직업에 대한 것이었다. 어릴 때부터 숙명처럼 다가왔던 '교사'라는 직업을 가지고 그 일을 하면서 학생들과의 관계, 동료들과의 관계 속에서 20여 년 동안 많은 일을 겪었는데 정작 '교사'가 어떤 사람일까에 대한 생각을 글로 표현해 본 적은 없었다.

교사란 관계에 의한 상처와 치유의 변주곡 속에서 자기만의 노래를 만들어가는 사람이다. 그 연주가 상처에 더 치우칠지, 치유에 치우칠지는 스스로 결정해나가는 것이다. 교사로서, 스승으로서 버텨나갈 힘, 성장해 나갈 힘을 만들어주는 존재가 역시 아이들, 학생들이다. 관계의 집합체 속에서 살아갈 수밖에 없는 교사라는 직업 속에서 사람에 의해 쓰디쓴 아픔도 맛봤지만 결국 치유하는 힘도 사람에게서 얻을 수 있었다. 이제는 이 치유의 힘을 글쓰기를 통해서 나와 마주하는 시간들로 새롭게 만들어 나가고 싶다.

05

신 수 연

늘 배우고 도전하며
나이가 들어도 아름다울 수 있음을
보여주는 여자

책을 읽고 용기를 내다

좋은 사람이 옆에 있어도 알아보지 못하면 친구가 될 수 없고, 좋은 책이 가까이 있어도 읽지 않으면 책이 말을 걸지 않는다. 책 읽기의 중요성은 알지만 책을 읽는 사람은 드물고 더구나 제대로 읽는 사람은 많지 않다. 나도 그런 사람들 중의 하나였다. 책을 좋아하지만 정작 제대로 읽고 있느냐고 물으면 자신감 있게 답변하기가 어렵다. 지금까지는 책을 어떻게 하면 많이 읽을까 고민했다면 인문학 다이어트에 참여한 후에는 책을 제대로 읽고 삶에 적용하기 위해 노력하였다. 책을 제대로 읽으려면 눈으로 읽고 입으로 손으로 필사하고 머리로 읽은 내용을 사색하고 자신의 경험을 녹여 글을 써 보는 과정을 거쳐야 한다. 또한 입으로 낭독도 해 보고 읽은 내용 중에서 마음에 드는 문구는 실생활에 적용해봐야 한다. 그래야 긍정적인 변화를 가져올 수 있다.

지금까지 눈으로만 읽고 덮어버린 많은 책에 미안한 마음이 든다. 책의 중요성도 알고 좋은 책을 많이 읽으려고 하지만 어떤 책을 얼마나 읽어야 할지 늘 고민이다. 읽었던 책을 시간이 지나 누군가가 물어보면 책 제목만 어렴풋이 기억날 뿐 책 내용은 생각이 나지 않는 경우가 많았다. 내가 기억력이 좋지 않나 생각하며 친구들에게 물어보니 다들 나와 비슷한 경험이 있다고 한다. 어떤 때는 도서관에서 읽은 책을 다시 빌려와서 앞부분을 몇 장 읽고서야 예전에 읽었다는 걸 깨닫고선 헛웃음이 나왔던 경험도 있다.

인문학 다이어트를 하면서 시를 읽고 시가 좋아졌다. 짧은 말 속에 함축되어 있는 의미는 넓고 깊다. 시인이 사물을 세밀하게 관찰하고 자기만의 사색을 통해 남이 보지 못하는 것을 보고, 남과 다른 표현을 찾기 위해 얼마나 고심했는지 느낀다. 또한 칼럼을 읽고 사회에서 일어나는 일에 관심을 가지게 됐고 공동체의 일원으로서의 의무와 책임감도 생각해 본다. 평소 선입견을 갖고 잘 읽지 않던 소설도 읽으며 인간의 내면 심리와 묘사를 어떻게 하는지 살펴보고, 이야기의 배경이 되는 역사에도 관심을 가지고 찾아본다. 인문학 다이어트를 통해 다양한 글을 접하며 사고의 폭이 넓어졌고, 주변에서 일어나는 일을 유심히 관찰하면 그것이 바로 시가 되고 칼럼도 되고 소설도 된다는 것을 알았다.

시인은 관찰자다. 일상에서 소재를 포착하고 사물의 이면을 돋보기로 보듯이 섬세하게 관찰해서 가장 적절한 시어로 표현한다.

인문학 다이어트에서 읽은 시 중에서 함민복 시인의 시인 「흔들린다」가 마음에 와 닿았다. 「흔들린다」는 나무가 바람에 흔들리는 것은 중심을 잡으려는 행동이라고 표현했다. 우리도 가끔 세상을 살다 보면 흔들릴 때가 있다. 어떻게 하면 흔들리는 줄 위에서 균형을 잡고 살 수 있을까? 나는 이렇게 생각한다. '인생이란 본래 흔들리는 줄 위에 서 있다는 것을 받아들이고 줄이 흔들릴 때 내 몸도 조금씩 유연하게 움직이면서 균형을 잡아야 한다고.' 뻣뻣하게 서서 흔들리지 않으려고 하면 오히려 위험할 수 있다. 시 한 편이 세상을 어떻게 살아야 하는지 조근조근 알려 주는 것 같다.

내게는 시집에 얽힌 이야기가 있다. 코로나사태가 발발하기 전에 친구들이랑 여행을 간 적이 있다.

친구끼리의 여행은 처음이라 다들 설렜다. 난 여행 가방을 싸면서 좋아하는 시집을 한 권 챙겼다. 친구들이 내가 책을 가져왔다면 어떤 표정을 지을지 궁금해하며 말이다. 여행갈 때 책을 챙겨가지만 읽은 적은 별로 없었다. 여행지에서 하루의 일정을 마치고 숙소에 돌아와 간식을 먹으며 담소를 나누었다. 우리는 여행 일정을 소화하느라 힘들었지만 여행이 주는 자유로움과 설렘 덕분에 무엇을 하든 즐거웠다. 이런저런 이야기를 하다가 대화거리가 없어 잠시 쉬고 있을 때 난 슬쩍 가방에서 책을 꺼내 흔들었다.

"애들아, 책 챙겨왔는데 읽어줄까?"라고 했더니 친구들은 놀라는 모습과 호기심을 보였다.

"책을 가져왔다고? 우와! 대박이다. 어떻게 책을 가져올 생각을 했어?"

"내가 너희들을 위해 준비했지. 시집인데 읽어줄까?"

"누구 시집이니?" 난 시집의 앞표지를 보여주었다.

"수연이 덕분에 여행 와서 시집을 다 읽고 고급지다, 그치?"

친구 둘은 마주보며 웃었다.

우리 마스크 팩을 얼굴에 붙이고 누워서 시집을 읽었다. 시는 짧은 글 속에 깊은 울림이 있어 읽는 사람이나 듣는 사람이나 부담이 없고 자연스럽게 감정이입이 되었다. 시를 한 편씩 읽고 서로의 경험과 생각을 나누다 보니 할 이야기가 줄줄이 나왔다. 사랑시를 읽으며 사랑도 그냥 되는 게 아니고 '애써서' 사랑해야 한다고 강조했고, 삶이 고달프고 힘들 때도 '그럼에도 불구하고'라는 긍정의 말을 하면서 이겨내자고 다짐했다. 고마움을 나타내는 '덕분에' 같은 말을 자주 하며 살자고 했다. 시는 우리의 마음을 감성으로 적셔주었고, 마음을 하나로 이어주었으며 여행을 더 풍요롭게 해 주었다.

인문학 다이어트 프로그램에서 구본형 작가의 책을 읽었다. 제목은 『익숙한 것과의 결별』이다. 이 책을 읽고 내 안에 익숙한 것이 많으면 성장을 방해한다는 걸 알았다. 내 안에 익숙한 것들과 결별하고, 낯선 것들과 친해져야 한다. 난 낯선 것들과 친해지는 연습이 필요했다. 난 처음 무언가를 시작할 때 많이 망설인다. 특히, 사람들이 많은 낯선 장소에서 내 생각을 발표하는 것이 부담되고 두려웠다. 살다 보면 이런 순간들이 자주 찾아온다. 책을 좋아하지만 독서 모임에 나가는 것은 차일피일 미루었는데 마침 가보고 싶은 독서 모임이 생겼다. 난 용기를 내보기로 했다.

주말 아침 7시. 장소는 용산역 근처였다. 독서 모임에 가기 전에 미리 단체 톡 방에 들어가서 어떤 사람들이 활동하고 있는지 얼굴을 익혔고 책 목록도 살펴봤다. 이른 아침 모임에 가기 위해 알람을 설정했지만 자꾸만 선잠이 들어 몇 번을 깼는지 모른다. 아마도 익숙하지 않는 일을 하려니 긴장이 됐나 보다. 새벽에 반쯤 감긴 눈을 비비며 일어나 준비를 하고 길을 나섰다. 겨울 새벽 공기는 차가웠지만 발걸음에는 기분 좋은 설렘이 묻어났다. 새로운 도전을 위해 새벽잠을 떨치고 일어났다는 것과 익숙하지 않는 일에 용기를 냈다는 사실이 나를 설레게 했다. 책을 읽지 않았다면 용기를 낼 수 있었을까. 해보지 않으면 모르고 해 보면 무엇이든 할 수 있다는 인문학 다이어트 선생님의 말씀이 떠올랐다. 독서 모임을 무난하게 마치고 집으로 돌아오면서 익숙하지 않는 일도 용기를 내면 두려움이 아니라 설렘이 된다는 걸 경험했다.

책을 읽는 사람은 풀씨와 같다고 생각한다. 풀씨는 어디에 떨어지든 불평하지 않고 그 떨어진 장소에서 최선을 다해 싹을 틔우고 자라 열매 맺고 다시 여행을 시작한다. 불평을 하면서 시간을 보내는 것이 아니라 있는 자리에서 꽃을 피운다. 책을 제대로 읽은 사람은 세상살이가 힘겨워도 남을 탓하지 않고 자신을 돌아본다. 자기의 잘못을 빨리 알아차리는 통찰력도 있다. 자신의 실수나 잘못을 인정하고 합리적인 해결책을 찾는다. 자신의 잘못을 알아차리면 곧바로 인정하고 합리적인 해결책을 찾는다. 나도 풀씨와 같은 사람이 되길 원하면서도 실수나 잘못을 쉽게 인정하지 못하고 온종일 우울한 기분으로 지낸 적이 있다. 책을 꾸준히 읽으면서 실수나 잘못한 일에 변명을 하는 대신 잘못을 인정하고 해결책을 찾는 나를 발견한다.

남편에게 실수한 경험이 있다. 남편 바지 3개를 세탁소에 맡기려고 쇼핑백에 넣어 현관 입구의 재활용 상자 모으는 곳에 임시로 얹어 두었다. 이틀째 되는 날 외출하는 길에 재활용 상자와 그 위에 얹어 둔 쇼핑백을 아무런 생각 없이 재활용 분리수거를 했다. 다음 날 아침 바지를 찾는 남편의 외침에 정신이 번쩍 들었다. 아! 어떡하지. 정신없이 재활용하는 곳으로 뛰어내려갔지만 야속하게도 월요일에 수거해 가서 남편의 바지는 찾을 길이 없었다. 허탈하게 돌아온 나에게 남편은 정신은 어디다 두고 사느냐고 쓴소리를 했다. 나를 이해해 주지 못하는 남편이 야속하다는 생각도 들었다. 책을 읽기 전에는 내 감정이 중요했기 때문에 실수나 잘못을 인정하는 것이 힘들었다. 자존심을 굽히기 싫어 버티다가 싸움도 했다. 이제는 용기 내어 실수를 인정한다.

얼굴 보고 말하기가 쑥스러워서 문자를 했다. "여보, 미안해요. 실수지만 당신이 아끼는 바지를 3개나 버렸으니 입이 열 개라도 할 말이 없네요. 당신이 화를 내고 출근을 하니 제 마음도 편치 않네요. 이미 엎질러진 물이니 어떡해요? 주말에 마음에 드는 바지 사러 가요. 반성하고 있으니 이해해 줄 거죠? 저녁에 당신 좋아하는 생태탕 끓여 놓을게요." 남편의 답장은 "알. 았. 다" 단 세 글자뿐이었지만 남편의 마음이 풀렸다는 걸 알 수 있었다. 화가 많이 났다면 답장을 하지 않았을 것이다. 저녁에 현관을 들어서는 남편을 보고 방긋 웃었더니 남편은 가재미눈으로 흘겨본다. 얼음 밑으로 강물이 흐른다. 책을 읽고 나를 읽고 남편을 읽고 세상살이를 읽는 날이었다.

책을 읽고 생각하는 힘이 강해졌다. 하루에도 여러 번 올라오는 감정을 벽으로 막지 말고 벽을 눕혀 다리를 만들면 어떨까? 책을 읽는다는 것은 높은 벽을 눕혀서 다리를 만드는 일에 비유할 수 있다. 우리는 부모와 자식 사이, 부부 사이, 친구 사이, 직장 상사와 동료 사이에 수없이 많은 벽을 쌓아올리며 살아간다. 한 번이라도 그 높은 벽을 눕혀서 서로를 연결하는 다리로 만들 생각을 하지 못하고 산 건 아닌지 돌아보게 된다. 책을 읽으면 벽을 눕혀 다리를 만들 수 있다. 너의 생각과 나의 생각을 이어주는 멋진 다리를 만들어보자.

몸이 반응하고 마음이 움직이는 시간

인문학 다이어트가 아니었다면 매일 걷기를 할 수 있었을까? 아마도 며칠은 열심히 했겠지만 시간이 지나면서 흐지부지됐을 것이다. 난 일을 시작하는 열정은 강한 편인데 꾸준함이 부족해서 늘 아쉬웠다. 편안함을 추구하고 바쁘다는 핑계로 해야 할 이유보다 하고 싶지 않는 이유가 먼저 생각났고 미루거나 합리화를 했지만 마음은 편치 않았다. 인문학 다이어트는 매일 걷기 인증을 해야 하니까 걷기를 반드시 해야 할 수밖에 없었다. 또한 건강도 좋아지고 좋은 습관도 몸에 익히 계기가 됐다.

인문학 다이어트 선생님은 '마감'의 힘과 '함께'의 힘을 강조했다. 매일 밤 12시라는 마감 시간이 있고 함께 과제를 수행하는 인문학 다이어트 동료가 있으니 포기하지 않고 끝까지 잘 할 수 있다고 격려했다. 걷기를 시작하면서 내 삶에 크고 작은 변화가 생겼다. 걷기 인증을 위해 매일 걷다 보니 남들이 나에게 원하는 모습이 아니라 내가 바라는 모습으로 살고 싶어졌고. 부족한 점은 있지만 있는 그대로의 나를 인정하고 사랑하는 마음이 생겼다. 또한 익숙하지 않는 일에도 용기를 내어 실천해보고, 도보 여행도 꿈꾸게 됐고, 나이 들어가는 서글픔도 떨쳐냈다. 걷기는 나를 바꾸는 원동력으로서 많은 변화를 불러왔는데 요약하면 다음의 세 가지다.

첫째, 몸과 마음이 연결됐다. 허리에서 시작된 통증이 다리로 내려왔고 앉았다 일어나려면 '아이고 허리야'라는 말이 입에서 저절로 나왔다. 그럭저럭 참을 만하던 허리 통증이 심해지더니 점점 걷기가 힘들어졌다. 한의원에서 물리치료도 받고 주사도 맞아 보았지만 효과는 그때뿐이었다. 이대로 걷지 못하는 것은 아닌지 덜컥 겁이 났다. 10분 정도 걸으면 어디든 잠시라도 앉아 쉬어야 다시 걸을 수 있었다. 할머니들이 걷다가 힘들면 길가 아무데나 앉아 쉬는 모습을 보고 안타깝게 생각했는데 내가 그 처지가 되니 무척 우울했다. 한치 앞도 알 수 없는 것이 인생이고, 내 고통이 아니면 눈 감고 귀 막고 살아가게 되는가 보다. 걷는 것이 힘들어지면서 매사에 의욕이 없어지고 삶의 질도 언덕을 구르는 돌처럼 곤두박질쳤다.

허리 통증이 시작되면 찡그린 얼굴로 엉거주춤 걷다가 도저히 걷기가 힘들면 아무데나 쪼그리고 앉았다. 뒤쪽에서 걸어오던 할머니는 언제부터 나를 지켜보고 있었는지 측은한 눈빛으로 조심스럽게 말을 걸었다. 나이도 젊은데 허리가 많이 아프냐고 물었고,

난 괜찮다고 얼버무렸다. 칠십은 족히 넘어 보이는 할머니로부터 동정을 받으니 창피했고, 건강관리를 못한 내 자신이 처량했다. 할머니는 허리가 아팠던 자신의 경험을 들려주었다. 할머니는 한때는 걷지도 못할 만큼 허리 병으로 고생했는데 지금은 치료받고 괜찮아졌다며 새댁도 좋아질 거니까 힘내라고 격려했다. 할머니는 내가 딱해 보였는지 묻지도 않는 병원 이름과 위치를 알려주고 바쁜 일이 있으신지 서둘러 앞서 걸어가셨다. 난 한참이나 할머니의 뒷모습을 물끄러미 쳐다보았다. 남의 아픔을 지나치지 못하고 조그만 도움이라도 주려고 걸음을 멈추고 마음을 나눠주신 할머니께 감사한 마음이 들었다.

통증이 심해 할 수 없이 통증의학과에서 사진을 찍었는데 생각보다 상태가 좋지 않았다. 이름도 알 수 없는 병명이 7가지나 나왔다. 척추주사를 맞으니 다리까지 전기에 감전된 것처럼 찌릿했다. 척추주사를 맞을 때는 바늘로 찔러 손으로 힘을 주어 비트는 느낌이 들었고, 통증이 상당했다. 너무 아팠지만 소리는 지르지 않았다. 누군가가 참는 것이 무슨 특기라도 되냐고 말하는 것 같아 헛웃음이 나왔다. 통증 주사와 약을 먹고 조금씩 호전되는 듯했지만 효과는 며칠뿐이었다. 지인이 자신도 허리 디스크로 고생을 했는데 도수치료로 나았다며 권해줬다. 그 병원은 약물과 주사는 사용하지 않고, 휘어진 척추를 바로 잡은 다음 허리를 강화하는 운동을 40분 동안 시켰다. 처음에는 약도, 주사도 없이 과연 효과가 있을까 반신반의했는데 치료가 거듭됨에 따라 믿음이 생기고 실제로 허리에 힘이 느껴지며 걷기가 차츰 좋아졌다. 걸을 때 허리 통증이 없어서, 제2의 인생을 사는 기분이었다. 난 아픔 없이 걸을 수 있는 것이 얼마나 행복하고 감사한 일인지 가슴 깊이 인식했다.

인문학 다이어트를 하면서 걷기는 나의 일상이 됐다. 걷는다는 건 살아 있다는 증거였다. 조금씩 더 잘 걷게 되면서 자신감과 함께 작은 일에도 감사하는 마음이 생겼다. 아프지 않았다면 알 수 없었을 감정이었다. 한때는 '걷기가 건강에 얼마나 도움이 될까? 시간 낭비가 아닐까?' 하고 생각했다. 걷기를 통해 몸과 마음은 서로 연결되어 있기 때문에 몸을 움직이지 않으면 마음도 더불어 갇히는 신세가 된다는 걸 알았다. 변화를 원한다면 움직여야 한다. 익숙하지 않은 새로운 것에 도전해야 한다. 생각만 하고 움직이지 않으면 원하는 방향으로 한 발짝도 나아갈 수 없다. 몸이든 마음이든 움직일 때 용기도 생기고 변화도 하게 되며 원하는 삶을 살 수 있다. 인문학 다이어트 걷기는 내게 몸과 마음이라는 두 마리 토끼를 동시에 잡아 행운의 주인공이 되게 해 준 고마운 선물이었다.

둘째, 사물을 자세히 관찰하는 자세를 가지게 됐다. 평소에 그냥 무심코 지나쳤던 사물들이 생명력을 가지고 나에게 말을 걸어오기 시작했다. 나무도 말을 걸고 풀꽃들도, 새들도, 창설모도, 바람도, 구름도 모습을 바꾸며 온몸으로 말을 걸어왔다. 지금까지 그 사물들을 자세히 봐주지 않고 지나친 내가 무심했다는 생각과 함께 미안한 마음이 들었다. 어느 날 나무들이 많은 숲을 지나가다가 나뭇가지가 나무에 걸려 있거나 땅 위에 떨어져 있는 것을 보았다. 나무를 벤 흔적이 없는데 왜 그럴까? 처음에는 무심히 보았는데 자세히 관찰해보니 나무들은 스스로 불필요한 나뭇가지를 버림으로써 남은 가지를 튼실하게 키우려는 것이었다. 그 모습을 보면서 내가 채우려는 노력은 하면서도 비우려는 노력은 별로 하지 않고 살았다는 자각이 들었다.

숲에서 새들이 나뭇가지 사이를 순식간에 부딪치지도 않고 비행하는 모습을 보았다. 새들이 그 작은 눈으로 나뭇가지 사이를 유유히 지나가는 게 무척 신기했다. 난 새들보다 큰 눈으로 세상을 살아가지만 매번 장애물에 걸려 넘어지기를 반복하는데… 새들은 한 가지 목표를 향해 날아다니지만 난 목표 없이 사방을 기웃거리다 보니 이리저리 부딪치며 사는 게 아닐까 생각했다. 인문학 다이어트 선생님은 길을 걸을 때 곤충이 더듬이로 세상을 감지하듯 민감하게 관찰하고 메모하는 습관을 가지면 글의 소재도 많이 발견할 수 있고 좋은 글을 쓸 수도 있다고 하셨다.

길거리나 산자락에 피어 있는 풀꽃을 볼 때면 이름이 뭘까 궁금했다. 집으로 돌아와 식물도감을 찾아보았다. 풀꽃의 이름과 유래도 찾아보고 어디에서 잘 자라는지 어떤 특징이 있는지도 하나둘 익혔다. 그 후로 길에서 만난 풀꽃에게 이름을 속삭여주니까 마치 친구를 만난듯 반갑고 사랑스러웠다. 동네를 한 바퀴 돌고 둑길에 들어서면 잣나무들이 늘씬한 몸매를 자랑하며 곳곳에 서 있다. 비 오는 날 우산을 쓰고 걸으면 빗방울이 우산을 피아노 삼아 연주를 해준다. 빗방울의 재잘거림에 저절로 입가에 웃음이 머물고 행복해진다. 나무둥치가 빗물을 빨아들여 먹빛으로 젖어들면 나무의 생명력에 숨이 막히는 것 같다. 나도 저 풀꽃처럼 이름에 어울리는 삶을 살고 있는지, 나무들처럼 혼신의 힘을 다해 자신을 사랑한 적이 있는지 돌아보게 된다.

상리공원 안에 있는 양궁장의 둘레에는 사람들이 걸을 수 있도록 트랙을 깔아 놓았고, 그 안쪽으로 넓은 운동장에 과녁들이 세워져 있었다. 난 트랙을 돌다가 펜스 귀퉁이에 세워진 연습용 과녁판 앞에서 발길을 멈췄다. 화살이 꽂혔던 과녁판은 마치 벌집을 쑤셔놓은 듯 작은 구멍이 수없이 뚫려 있었다. 예전 같으면 과녁판이 서 있어도 그냥 지나쳤을 텐데 글쓰기 소재를 찾다 보니 자세하게 보게 됐다. 꼬리에 꼬리를 무는 생각들이 나의 발길을 잡았다. 누가 이토록 열심히 화를 쏘았을까? 활을 쏘면서 무슨 생각을 했을까? 활시위를 당긴 만큼 결실을 보았을까? 나는 '무언가를 이루기 위해 이렇게 치열하게 연습한 적이 있었나?' 하는 생각을 했다. 사물에 대해 깊이 생각하면서 자연스럽게 내 자신에게 질문을 해 보는 습관도 생겼다. 사물을 관찰하기 시작하면서 사물이 내 마음속으로 들어와 말을 걸어오는 경험도 했다. 사물이 내가 되고, 내가 사물이 되어 서로를 사랑하게 됐다.

상리공원을 한 바퀴 돌고 다시 집으로 돌아오는 둑길에서 난 버려진 양심을 보고 안타까웠다. 둑길이 끝나고 도로와 인접한 계단을 내려오는 길에 국화 모종이 심겨져 있었는데 그중의 두 군데가 구멍이 뻐끔하게 비어 있었다. 누가 어떤 이유로 가져갔는지 모르지만 대중을 위해 정성껏 심어 놓은 것을 허락도 없이 가져가는 이기심에 화가 났다. 꽃모종을 심은 사람이 다시 와보면 얼마나 실망스러울까. 국화꽃이 활짝 피면 오가는 사람들을 웃게 할 것이고, 차를 타고 지나가는 사람들에게 기쁨을 줄 텐데…. 버려진 양심이 못내 아쉬웠다.

어느 날 도로가를 걷고 있는데 여학생 세 명이 조잘거리며 내 앞을 걸어가고 있었다. 마침 신호가 빨간불이라 횡단보도 앞에 서서 기다리고 있었다. 신호가 바뀌고 사람들이 발걸음을 옮기기 시작했을 때 한 여학생이 손에 들고 있던 음료수 빈 깡통을 횡단보도 시작선에 간당간당하게 세워놓고 지나가는 것이 아닌가? 순간적으로 일어난 일이고 나도 얼떨결에 횡단보도를 건넜다. 그 여학생을 불러서 말을 할까 잠시 고민하는 사이 여학생은 골목길로 사라졌다. 난 뒤돌아서서 그 여학생이 두고 간 음료수 캔을 바라보았다. 근처에 쓰레기통이 없었다. 나라면 어떻게 했을까? 그냥 들고 가다가 쓰레기통에 버렸을까, 아니면 나도 뾰족한 수가 없어 남이 버리고 간 쓰레기더미에 슬쩍 놓고 갔을까, 횡단보도의 시작선에 간당간당하게 놓여 있는 음료수 캔이 자꾸 내 발길을 잡아 마음이 불편했다.

셋째, 예전에는 보이는 것만 보았는데 인문학 다이어트를 하면서 눈에 보이지 않는 것도 보이기 시작했다. 둑길을 산책하다 보면 좁은 공간에 나무들이 불규칙하게 심어져 있어 두 사람이 지나가려면 서로 빗겨 서야 하는 곳이 있다. 코로나로 인해 거리 두기를 하다 보니 서로 옆을 지나갈 때면 조심스럽다. 어느 날 둑길을 걷고 있는데 멀리서 청년이 큰 개를 데리고 다가오는 모습이 보였다. 평소에도 개를 무서워하는데 뉴스에서 개에 물려 심각한 부상을 당한 기사를 자주 접하다 보니 몸이 움츠려들었다. 둑길을 내려가 인도로 갈까 고민하는 사이 어느새 서로 간의 거리가 좁혀졌다. 그 청년과 눈이 마주쳤고 청년은 걸음을 멈추고 개의 목줄을 잡아당겨 내가 안전하게 지나갈 수 있도록 길을 내 주었다. 난 청년의 세심한 배려에 목례를 하며 지나갔다. 내가 지나는 동안 개도 주인을 닮았는지 짖지도 않고 얌전하게 앉아 있었다. 세심한 배려를 받은 난 산책을 하는 동안 내내 기분이 좋았고, 가끔 둑길을 걸을 때면 기억이 나곤 했다.

코로나로 거리마다 마스크를 쓴 사람이 늘어났지만 계절은 어김없이 흘러 가로수 은행나무에는 올망졸망한 은행이 달려 있었다. 은행잎이 조금씩 연두빛으로 물들어가던 어느 날 한가롭게 걷고 있는데 허름한 옷차림의 아저씨 한 분이 맞은편에서 사방을 두리번거리며 걸어 올라오는 모습이 보였다.

아저씨가 그냥 스쳐갈 줄 알았는데 내 앞까지 걸어오더니 엉거주춤한 자세와 약간 난처하고 겸연쩍은 표정으로 말을 걸어왔다.

"저… 여기 무료 급식소가 어디에 있는지 아세요?"

"글쎄요. 잘 모르겠어요. 이 근처에서는 본 적이 없는데…, 왜 그러시는데요?"

"코로나 때문에 다니던 무료 급식소가 문을 닫았거든요."

"누가 이 동네에 가면 밥을 먹을 수 있다고 해서 세 시간이나 헤맸는데 찾을 수가 없네요."

"아, 그러세요. 저는 잘 모르지만 다른 분에게 한번 물어보세요."

"코로나로 다니던 급식소가 문을 닫아서 노숙자들이 밥을 못 먹고 있습니다."

"제가 아침부터 아무것도 못 먹어서 그러는데 좀 도와주시면 안 될까요?"

코로나로 자영업자들이 힘든 시간을 견디고 있다는 것은 매체를 통해 들었는데 길거리의 노숙자들도 생계를 위협받고 있다니 마음이 불편했다. 난 착하게 생긴 그 아저씨가 굶주림 때문에 혹시 길에서 쓰러지면 어쩌나 걱정이 됐다.

무슨 이유로 노숙자가 되었는지는 모르지만 배고픔이라도 해결해 드리고 싶었다. 난 지갑에서 지폐 몇 장을 꺼내주면서 요기라도 하시라고 했더니 고맙다고 거듭 머리를 숙이며 미안해서 어쩔 줄 몰라 했다. 어떤 사람들은 이렇게 말할 것이다. '그거 다 쇼하는 거다', '일부러 불쌍한 척하는 거다.' 나도 그런 생각을 안 해본 건 아니다.

아저씨가 노숙자로 살아가는 것이 비단 개인의 문제인가, 사회 제도 문제인가, 아니면 둘 다의 문제인가 생각해 보았다. 개인의 문제라면 돕는 것이 최선일까, 오히려 그들이 자립하는 데 걸림돌이 되지는 않을까. 사회의 문제라면 그들이 자립할 수 있는 제도적인 정책이 필요하지 않을까. 그 착하게 생긴 아저씨가 하루빨리 노숙자 생활에서 벗어나 자신의 힘으로 행복한 삶을 꾸려 가면 좋겠다는 바람을 가져보았다.

난 길에서 계절의 변화를 느낄 때 행복했다. 봄이면 바람에 날리는 벚꽃의 군무가 황홀했고 여름철 비 오는 날엔 물방울 머금고 유혹하는 검붉은 장미가 매혹적이다. 가을날 은행잎은 나비가 되어 날다가 지상에 소복이 쌓여 발걸음을 멈추게 한다. 겨울에는 시린 나뭇가지에 함박눈이 내려 나무의 야윈 몸을 포근하게 감싼다.

걷기는 몸과 마음을 연결하고 관찰하는 힘을 길러준다. 나는 걷기를 통해 경험한 소재들로 좋은 글을 쓰고 싶다. 걷기는 스트레스를 완화해 주고 식물들에게 관심을 가지게 하며 나를 있는 그대로 인정하고 사랑하게 해 준다. 오늘도 운동화 끈을 동여매고 현관문을 나서는 내 발걸음이 가볍다.

행동으로 옮기는 사색을 하라

내가 어릴 적에는 우리 집에는 펌프가 있었다. 지금 생각하면 '수도 없이 어떻게 살까? 많이 불편했겠구나!' 하겠지만 그 당시에는 펌프로 물을 길어 올리는 걸 당연하게 여겼다. 그 시절 우리 집 마당에는 펌프 옆에 네모난 벽돌을 쌓아 만든 물통이 있었다. 평소에는 물을 받아 사용하고 여름이면 동네 아이들이 물놀이를 하는 곳이다. 물놀이를 하려면 펌프질을 해서 물을 가득 채워야 한다. 물통을 채우기 위해 우리들은 돌아가면서 각자 10번씩 펌프질을 열심히 한다. 한참을 하고 나면 다들 팔에 힘이 빠져 녹초가 되곤 한다. 펌프질을 할 때 가장 중요한 일은 마중물을 한 바가지 붓고 지하수가 올라 올 때까지 계속 펌프질을 하는 동작이다. 마중물이 적거나 팔에 힘이 빠져 펌프질을 계속하지 않으면 물을 끌어올릴 수 없다. 사색도 펌프로 물을 끌어올리는 것과 같다고 생각한다. 사색은 마중물처럼 생각 씨앗을 뿌린 다음 물을 끌어올리기 위해 지속해서 생각하는 시간을 가져야 한다.

인문학 다이어트 선생님은 사색의 시간을 강조했다. 사색을 하면 남들과 다른 아이디어를 얻을 수 있고, 자기의 강점을 살린 콘텐츠를 만들고 원하는 일을 하며 자유로워진다고 했다. 황농문 박사는 『몰입』이라는 책에서 해결책을 원하는 하나의 주제를 정한 다음 짧게는 일주일 혹은 한 달 동안 지속적으로 그 문제만 골똘히 생각한다고 한다. 언제 무엇을 하든 그 문제를 풀기 위해 뇌를 움직이는 것이다. 그러면 어느 순간 몰입하는 뇌가 만들어져 폭발적으로 아이디어가 쏟아진다고 한다. 『사색은 자본이다』라는 책을 쓴 김종원 작가는 하루 4시간씩 사색을 하면서 지금까지 약 45권의 책을 썼다고 한다.

사색은 쉽지 않다. 사색이란 걸 해 보려고 하면 자석이 같은 극을 밀어내듯 시급히 처리해야 할 잔일들이 생기고, 기름 낀 렌지후드에 먼지가 달라붙듯이 수많은 잡념이 방해한다. 사색의 중요성은 알지만 깊이 생각한다는 것은 복잡하고 어렵다는 고정관념이 있어 되도록 짧게 생각하고 빨리 해결되기를 바라기 때문에 실천에 옮기기는 힘들다. 나도 사색의 시간을 늘려보려고 노력하고 있다. 때론 깊이 생각할수록 머리만 복잡하지 뾰족한 해결책이 있겠느냐는 생각이 들 때도 있다. 항상 깊은 생각만 하고 살 수는 없다. 사람은 누구나 매일의 일상도 중요하니까. 하지만 삶에서 중요한 것은 내가 누구인지, 어떻게 살고 싶은지, 무엇을 하고 싶은지, 어떤 매력 자본이 있는지를 끊임없이 사색해야 한다. 그래야만 자신의 내면과 소통하면서 삶을 성숙하게 하고 확장할 수 있다.

나에겐 결정장애가 있다. 어떤 일을 시작할 때 특히 생각이 많아 결정을 할 수가 없다. 사색하는 습관을 들이면서 어떤 결정을 할 때 걱정과 고민을 잠시 내려놓는다. 나의 일이면 나를 성장시키고 확장하는 일인지 살펴보고, 다른 사람의 일이면 그 사람에게 도움이 되는지 생각했고, 미룰 수 없는 일이라면 바로 실천하고, 내 힘으로 해결이 어려우면 지인에게 도움을 요청했다. 사색을 하면서 좀 더 빠르고 정확하게 판단하고 실천하는 힘이 생겼다. 사색을 통해서 결정한 일도 지인에게 권할 때는 조심한다. 책 읽기와 필사의 중요성을 알려주고 권해보지만 새로운 것을 받아들이는 것은 부담스러워한다. '필사는 작가 지망생이나 하는 거지. 필사가 좋기는 하지만 이 나이에 한다고 무슨 보탬이 되겠느냐'라고 생각한다. 사람들은 '자신이 끈기가 부족하다.', '시간이 없다.', '경험이 없어 못하겠다.'라며 해야 할 이유보다 못할 이유를 말한다. 누구나 약간은 결정장애를 가지고 있지만 사색을 하면 좀 더 현명한 선택을 할 수 있을 것이다.

인문학 다이어트를 시작할 때 오랫동안 망설였다. 내가 과연 6개월 동안 과제를 잘 수행하고 원하는 변화를 만들 수 있을까. 일과 학업을 병행하면서 매일 글을 읽고 걷고 사색하고 쓸 수 있을까.

고민을 잠시 내려놓고 내 마음속을 들여다보았다. 새로운 시도는 늘 설레지만 걱정도 따라온다. 인문학 다이어트는 긴 호흡을 요구한다. 하루아침에 할 수 있는 일이 아니다. 인문학 다이어트 선생님은 6개월 동안 잘 할 수 있을지 신중하게 생각해보라고 했다. 하다가 힘들다고 그만 두면 자신도 손해를 보게 되지만 같이 하는 동료들의 사기도 저하시킬 수 있으니 말이다. 나를 성장시키고 확장시킬 수 있는 기회가 되고 글을 잘 쓰고 싶다는 오랜 열망이 있었기에 도전하기로 했다. 인문학 다이어트는 6개월 과정인데 어떻게 하면 매일의 과제를 잘 할 수 있을까 며칠 동안 고민했다. 꽤 괜찮은 방법이 떠올랐다. 6개월이라는 마음의 부담이 줄이기 위해 하루살이처럼 행동해 보기로 했다. 오늘 하루를 충실히 해 나가면 결국 6개월의 시간이 채워질 것이다. '오늘 하루만 잘 해 보자.'라는 생각은 부담을 줄여주고 지속할 수 있는 용기를 줬다. 사색이 어느덧 나의 삶의 일부로 들어와서 참 기뻤다.

대학원을 갈까 말까 고민을 했다. 이 나이에 대학원에 가고 싶은 이유는 뭘까? 지적인 목마름인지, 책을 쓰는 작가가 되고 싶은 건지, 대학원 졸업장이 필요한 건지, 대학원을 간다면 남편에게 어떻게 동의를 구할지, 학비는 어떻게 마련할지, 2년 반이라는 시간을 견디고 내가 원하는 것을 얻을 수 있을지 등을 생각해보니 모든 것이 안개 속을 걷는 사람처럼 혼란스러웠다. 인문학 다이어트 선생님은 공부를 더 하는 것은 좋지만 동기가 무엇인지 사색을 통해 지혜로운 선택을 해보라는 말씀을 하셨다.

원서를 내는 그 순간까지 밤잠을 설치며 사색해 보았다. 자신에게 묻기를 반복하며 답을 정했다. 죽이 되든지 밥이 되든지 일단은 쌀을 씻어 밥을 짓기로 했다. 대학원에 진학하는 것은 오랫동안 원했던 일이고 지금 용기 내지 않으면 후회될 일이었다. 그 후 대학원에서 글을 잘 쓰고 싶은 사람들을 만났고 우리는 곧 친구가 됐다. 다들 치열하게 고민하고 결정한 일이라 누구보다 열심히 과제를 했고 힘들 때 버팀목이 돼 줬다. 이제 일 년이라는 시간이 흘렀다. 고민이 있다는 것은 사색할 것이 있다는 것이다. 일단 사색을 하면 집중과 선택을 하게 되고 문 작가의 카페 슬로건처럼 '자유로 가는 길'을 만날 수 있다.

사색을 하려고 산책길을 걷고 있는데 둑길 위의 벤치에 모자를 눌러쓰고 어두운 얼굴로 앉아있는 남학생이 보였다. 난 그 남학생 옆을 지나오면서 왠지 마음에 쓰였고 무슨 일이 있기에 추운 날 근심스러운 얼굴로 혼자 벤치에 앉아 있을까 걱정이 됐다. 아마도 그 남학생의 모습에서 둘째 아들의 사춘기 모습이 겹쳐보였기 때문일 것이다. 둑길을 지나 상리공원을 한 바퀴 돌고 다시 둑길을 되돌아 걸어왔을 때는 사방에 어둠이 깔리고 있었다. 날이 저물고 있는데 남학생이 여전히 자리를 지키고 있어 마음이 짠하고 무거웠다.

중학교 3학년 때 시작된 아들의 사춘기는 고등학교 1학년 때까지 이어졌다. 가장 중요한 시기에 마음을 못 잡고 방황해서 마음이 타들어갔다. 그때는 자라 보고 놀란 가슴 솥뚜껑 보고 놀란다고 전화벨만 울려도 불안했다. 그 불안하고 힘든 시간은 우리 부부에게 지금까지의 삶을 되돌아보며 해결책을 찾아보려고 애쓰면서 부모로서 성숙할 수 있는 계기가 됐다. 아들은 자신이 겪은 경험을 바탕으로 친구들의 고민을 들어주고 조언도 해 준다니 개구리가 올챙이 적 생각을 못하는 것 같아 슬며시 웃음이 나왔다.

아들이 스스럼없이 자신의 고민을 말하면 내가 들어주고 좋은 방향으로 말을 해줄 수 있는 것도 다 사색의 힘이 아닐까 생각한다. 시냇물이 흘러내리며 자정 능력을 가지듯이, 숟가락으로 휘저은 식혜도 시간이 지남에 따라 얌전하게 가라앉듯이, 사색은 복잡한 생각을 정리해주는 힘이 있다.

큰언니는 판단력이 빠르고 실행력도 뛰어나다. 고향의 시골집을 사야 할지, 말아야 할지 의견이 분분할 때 신속한 결정으로 다른 사람에게 집이 넘어가는 것을 막았다. 수리를 하면서도 방마다 보일러 놓는 문제로 의견이 분분했다. 결국 아랫방에만 연탄보일러를 설치했다. 그러다 보니 장마철에는 습했고, 봄과 가을에는 썰렁했고, 겨울에는 웃풍과 추위로 자주 갈 수 없었다. 큰언니는 방에 전기 판넬을 깔고 온수기를 달아서 모든 문제를 해결했다. 이렇게 결단력이 있는 큰언니지만 시를 필사해 보라고 하니 망설였다. 큰언니는 나이도 많고, 책 읽을 여유도 없이 살았기 때문에 필사를 지속적으로 하는 것이 부담된다고 했다. 또한 글씨를 못 쓰는 것도 부끄럽다고 했다. 난 글씨를 잘 쓰는 것이 목적이 아니니까 못써도 된다고 했다. 큰언니가 시를 매일 한 편씩 읽고 써서 기록하는 것이 중요하다고 말했다. 난 큰언니에게 시집 한 권을 주면서 한 편씩 필사해서 세 자매 톡 방에 올려달라고 부탁했다.

시집을 들고 간 큰언니는 며칠 후 시를 적어 카톡방에 올렸다. 글씨는 담백하게 정성을 들여 꼭꼭 눌러 쓴 느낌이 들었다. 작은언니와 난 감동했다. 진심이 느껴지는 글씨를 보며 지금까지 눌러 놓은 공부에 대한 열망을 보았기 때문이다. 지금껏 사는데 바빠서 공부의 열망을 가슴속에만 묻어둔 큰언니가 자신을 위해 시를 읽고 필사도 하고 글을 올리는 용기를 냈다는 것이 고마웠다. 큰언니는 시를, 작은 언니는 토지필사를 하겠다는 어려운 결정을 하고 행동으로 옮겨 준 것이 고마웠고, 난 언니들의 삶에 보탬이 되고자 오랜 시간 사색한 시간의 보답 같아서 기쁘고 행복했다.

사색을 해보기 전에는 상대를 이해할 수 없다. 아버지는 자기주장이 강하셨고 옳다고 생각하시는 일은 불도저처럼 밀어붙였으며 자식들의 의견을 듣지도 않았다. 아버지는 쏟아져 내리는 절벽의 물처럼 직설적인 말과 행동으로 자식들을 주눅 들게 했고 당신의 감정이 잦아들면 슬그머니 미안한 표정을 지으며 그래도 난 뒤끝은 없다고 말했다. 아버지는 뒤끝이 없을지 몰라도 자식들의 마음에는 직설적인 말들이 빗물에 얼룩진 벽지처럼 가슴에 남아 상처가 됐다는 걸 모르실 거다.

아버지는 고혈압으로 약을 드시는데 얼마 전 통풍이 생겼다. 발등이 벌겋게 부어오르고 통증이 심해 잠을 설쳤다고 하셨다. 통풍은 바람만 스쳐도 아프다고 한다. 서랍장 위에 약봉지가 흩어져 있는 것을 보니 마음이 심란해졌다. 아버지는 연세에 비해 건강하신 편이었는데 요즘 들어 자주 입맛도 없고 불면증도 있다고 한다.

독불장군처럼 자기주장이 강했던 아버지가 세월의 무게에 눌려 몸도 마음도 약해지는 모습을 보니 안타깝고 속상하다. 통풍은 요산의 수치가 높아지면 나타나는 병이라 한다. 평소에 소주와 돼지고기를 즐겨 드셨는데 그 때문인지 모르겠다. 통풍의 근본적인 치료 방법은 몸 안에 있는 염증을 잡아주고 몸에 필요한 영양소들을 보충해주는 것이라 한다. 지인을 통해 통풍에 좋은 영양제를 알아보니 비용이 부담스러웠다. 사드려야 하나 말아야 하나 머릿속이 복잡했다. 자식이 아프다면 난 어떤 선택을 할까? 두말할 필요도 없이 일단 자식의 고통부터 덜어주려 할 것이다. 아마 아버지도 그렇게 할 것이다. 아버지 집으로 영양제가 배달되던 날 전화를 했다. 통풍에 좋은 영양제니까 하루에 세 번 잘 챙겨 드시길 당부드렸다. 아버지는 "병원 약 먹으면 되는데 괜히 돈을 썼구나." 하시면서도 "고맙게 잘 먹으마."라고 하신다. 부모 자식 사이에도 깊은 생각을 나눌 수 있는 통로가 하나쯤 있으면 좋겠다.

사색은 이렇게 사람들과의 소통을 도왔고 관계를 좋게 만들었다. 그러니 얼굴이 사색이 될 정도로 사색해보면 어떨까?

생각주머니가 열리고 삶이 가벼워진다

　읽기와 쓰기는 동전의 양면과 같다. 글을 쓰기 위해서는 읽어야 하고, 읽었으면 쓰는 것을 당연하게 생각해야 한다. 사람들은 책을 통해 알게 된 지식이나 일상의 경험을 말로는 표현을 곧잘 하지만 글로 써보라고 하면 힘들어한다. 나도 그런 사람 중의 하나였다. 좋아하는 책을 읽어 마음의 양식으로 삼으면 되지 작가도 아닌데 힘들게 글을 쓸 필요가 있을까 하는 생각을 했다.

　그런데 책을 계속 읽다 보니 나도 글을 좀 써보고 싶다는 생각이 들기도 했다. 작가랑 비슷한 경험이 있거나 작가의 생각과 내 생각이 좀 다를 때 혹은 좋은 글쓰기 소재가 생각날 때 글을 써 보고 싶었다. 한 달에 한 권 정해진 책을 읽고 필사와 단상을 적어보면서 생각하는 힘이 생겼고, 막막했던 글쓰기에 조금씩 자신감이 생겼다. 사람들은 흔히 '말이 곧 글이다' 혹은 '글이 곧 그 사람이다'라는 말을 한다. 사람이 살아가는 데 말도 글도 중요하고 특히 말이 글이 되려면 부단한 노력이 필요하다는 생각이 든다.

글을 쓰려고 공책을 펼치면 쓸 말이 생각나지 않아 한참을 멍 때리다가 공연히 손가락 사이로 연필만 돌리기도 했다. 인문학 다이어트의 좋은 점은 다음과 같이 세 가지로 정리해 볼 수 있다. 첫째, 매일 쓸 과제가 주어진다는 것이다. 둘째, 글의 마감 시간(밤 12시)이 있다는 것이다. 셋째, 같이 과제를 수행하는 사람들이 있다는 것이다. 또, 과제로 올린 글을 공감하며 읽어주는 동기들이 있고, 과제 수행을 체크해 주시는 선생님이 계시는 것도 힘이 된다. 하루의 과제를 충실히 하고 나면 만족감이 들었고 다시 내일도 잘 할 수 있다는 의욕도 생겼다. 나쁜 습관은 버리기 어렵고 좋은 습관은 들이기 힘들다. 6개월 과정의 인문학 다이어트를 통해 책을 읽고 단상을 적으며 내 자신의 생각들을 들여다 볼 수 있었고 몇 줄밖에 쓸 수 없었던 내가 시간이 지남에 따라 공책 반장에서 한 장까지 쓸 수 있었고, 이야깃거리가 있으면 세 장을 쓸 정도로 필력이 좋아졌다.

좋은 시를 읽고 필사도 하면서 시에서 받은 영감을 나만의 시로 바꾸는 연습도 했다. 그냥 시를 쓰라면 엄두도 나지 않겠지만 시인의 시를 여러 번 읽으며 시의 운율 속에 그대로 옮겨보았더니 신기하게 나만의 시가 되었다. 모방은 창조의 어머니인가 보다. 내가 쓴 시를 읽어보니 내용도 괜찮았다. 내 블로그에 시인의 시를 소개하고 내가 쓴 시와 단상을 적어서 쑥스럽지만 용기 내어 올려보았다. 내 글에 블로그 이웃의 댓글이 달렸다. 시인의 시도 좋지만 내가 쓴 시의 내용이 참신하고 가슴에 와 닿아서 좋다고 했다. 물론 시인의 시가 없었다면 불가능한 일이다. 평소에는 시를 읽기만 했는데 필사와 단상을 적고 나의 언어로 바꾸어 보니 글쓰기에 한층 자신감이 생겼다.

블로그에 처음 글을 올릴 때는 무척 두려웠다. 내 글을 읽고 사람들이 유치하다고 생각하진 않을까, 내 글의 미흡한 부분을 찾아 지적을 하진 않을까 불안했다. 의외로 블로그에 글을 올려보니 다들 내 글에 관심도 가져주고 때론 격려도 해 주어서 고마웠고 계속할 수 있는 힘을 얻었다. 블로그 글쓰기는 익명의 사람들과 소통할 수 있고, 시간이 지남에 따라 나의 기록을 모을 수 있어서 좋았다. 인문학 다이어트 선생님은 블로그에 글을 자주 써서 모아두면 나중에 책으로 엮을 수도 있다고 했다. 난 작가는 아무나 되는 게 아닌 줄 알면서도 작가가 되고 싶은 꿈에 한 걸음 더 다가선 것 같은 생각이 들어 괜스레 행복했다.

컴퓨터 자판 위에 손을 올려놓고 깜박이는 커서를 쳐다보면 쓸거리가 생각나지 않아 멍하니 있다가도 하나의 생각이 떠오르면 지금까지 잊고 있었던 일들이 영화 필름처럼 생각날 때가 있다. 초등학교 시절 나무 아래에서 숙제를 하다가 송충이가 떨어져 기겁했던 일, 잠자리가 짝짓기하는 모습이 신기해 상상에 잠겼던 일,

옻나무를 만져 옻이 타서 고생했던 일, 방학 숙제로 한 달이나 밀린 일기를 이틀 밤에 걸쳐 몰아 썼던 일, 비 온 다음 날 강가에서 놀다가 물에 빠져 허우적거리다 낚시 온 아저씨가 건져줘서 죽다가 살아왔는데 집에 와서 엄마에게 말했더니 '그랬나? 괜찮나?'라며 별일 아니라는 듯 시큰둥하게 반응해서 엄청 서운했던 일이 주마등처럼 떠올랐다.

글을 쓰기 전에는 기억 저편의 추억일 뿐인데 글을 쓰면서 모든 일이 글쓰기 소재가 되어 눈앞에 아른거린다. 뇌 속에 있던 추억의 한 토막이 꽃망울을 터트리는 꽃처럼 마음속을 살랑이다가 손끝에 잡히면 연필이 나를 쓰는 인간으로 만들어 준다. 이 순간만큼은 나만의 추억 속에서 행복한 사람이 된다.

며칠 전에 건강검진을 받으러 갔던 일이 생각났다. 위내시경과 대장내시경을 같이 하기 위해 병원에 예약을 하고 받아온 가루약을 물에 타서 일정한 간격으로 저녁 8시부터 새벽까지 마셨더니 속이 니글거렸다. 새벽녘에 배가 아프고 속이 불편하더니 설사가 났다. 머리도 띵하고 속도 메스꺼웠고, 화장실을 들락날락했다. 예약 시간에 맞춰 병원에 도착하려고 인근 도로를 건너는데 병원에서 전화가 왔다. 간호사 선생님이 예약 시간이 지났는데도 내가 오질 않아서 언제쯤 도착하는지 다급하게 물었다. 난 예약 시간을 30분이나 착각했다는 것을 알았다. 병원 앞이니 급히 가겠다고 말하고 전화를 끊고 뛰기 시작했는데 아직 장 속에 관장약이 남아 있없는지 그만 실수를 해 버렸다. 화장실에서 대충 정리를 한 뒤 빨리 진료를 받고 가려고 순서를 기다렸는데 당황스럽게도 나보다 앞서 검사한 사람에게 용종이 있어 시간이 30분이 더 걸린다고 했다. '어쩌지? 집에 갔다 올까, 기다릴까?' 하는 생각을 하느라 잠시 혼란스러웠다. 간호사가 준 문진표를 작성하니 얼추 내 차례가 되었다. 옷을 갈아입고 수면마취를 한 다음 검사를 받았다. 의사 선생님으로부터 아무 이상 없다는 말을 듣고는 비몽사몽 흔들리는 머리를 부여잡고 집으로 돌아왔다.

그 와중에서도 '아! 이 소재로 글을 한 번 써 볼까' 하는 생각을 했다. 내가 언제부터 이리 되었지. 역시 글을 쓰는 사람은 무엇이든 소재로 보이는가 보다. 내 부끄러움은 저 멀리 사라지고 벌써 어떻게 글을 쓸까 고민하는 나를 발견하고는 슬며시 웃음이 나왔다.

겨울나무가 하늘을 향해 앙상한 가지를 벌리고 서 있는 모습을 보면 마음이 허전하다. 예전에는 나뭇가지마다 겨울눈이 달려 있었지만 보이지 않았다. 나태주 시인의 풀꽃처럼 자세히 보아야 볼 수 있고 예쁜가 보다. 겨울눈은 솜털로 덮여 있었고, 나무 종류에 따라 크기와 모양이 달랐다. 목련나무의 겨울눈은 엄마 등에 업힌 아기처럼 오동통하고 사랑스럽다. 겨울눈은 죽은 듯 움직임이 없지만 그 속은 봄을 준비하는 꽃들의 생명력으로 가득할 것이다. 나뭇가지마다 움트는 겨울눈을 보면서 나에게도 생각주머니가 있으면 좋겠다는 생각을 했다. 겨울눈들이 적당한 온도와 수분이 주어지면 화사한 꽃을 피우듯이 글을 쓰고 싶을 때 생각주머니가 하나씩 열어 멋진 글을 쓸 수 있다면 얼마나 행복할까. 가지마다 꽃을 피우는 나무를 쳐다보며 사람들이 감탄하듯이 내가 쓴 글이 사람들에게 감동을 줄 수 있다면 얼마나 좋을까. 인문학 다이어트 선생님은 항상 내 주위에서 일어나는 일들에 관심을 가지고 에피소드를 찾고 잊어버리지 않게 메모하는 습관을 들이는 것이 글쓰기에서 가장 중요하다고 강조하셨다. 즉 글쓰기의 8할은 에피소드 모으기라는 말이다.

글쓰기 시간에 뇌를 말랑말랑하게 하는 연습을 했다. 어울릴 것 같지 않는 두 단어를 연결하여 공통점을 찾는 것과 4~5개의 단어를 연결하여 한 문장을 만드는 연습을 반복했다. 책에서 좋은 문장을 필사하고 단상을 적기도 하고, 그 문장과 비슷한 경험을 적어보기도 했다. 인문학 다이어트 선생님이 다양한 방법으로 글쓰기를 지도해 주셨는데 결국 생각해 보니 글쓰기는 연결이었다. 단어와 단어의 연결, 문장과 문장의 연결, 사물과 사람의 연결, 사람과 사람의 연결 결국 나와 내 안의 또 다른 나와의 연결이었다.

예전의 "배워서 남 주나."라는 말은 요즘 "배워서 남 주자."라는 말로 바뀌고 있다. 사람들의 삶이 서로 밀접하게 연결되어 있다는 것과 좋은 것을 나눌 때 더 행복하다는 성숙한 생각에서 생겨난 말이지 싶다. 난 가끔 돈과 시간을 들여 힘들게 배운 것을 그냥 알려주면 손해라는 생각도 했다. 시간이 지나며 생각도 바뀌었다. 난 좋은 것이 있으면 가족이나 친구에게 나눠준다. 때론 "오지랖이 넓다."라는 말도 듣고 내 정보를 받아들일 준비가 안 된 사람들에게 "좋으면 너나 해라."는 말을 듣기도 한다. 이런 말을 듣고도 또 새롭고 좋은 정보가 있으면 알려주고 싶다. 다정도 병인가 보다. 이런 말을 들으면 서운했는데 또 한편으로는 나의 제안을 받아들이지 못하는 사람에게도 나름의 이유가 있을 것이고 아직 필요성을 덜 느낄 뿐이겠지 생각한다.

언니와 친구 둘에게 토지필사를 권했다. 친구들과 언니는 하고 싶은 마음은 있지만 『토지』가 20권이나 되는 장편소설이라 부담스러워했다. 난 그동안의 인문학 다이어트 경험, 필사의 장점, 필사 선생님의 강점을 얘기했다. 친구들과 언니가 토지필사를 해보겠다고 용기를 냈다. 세 사람을 전화로 설득하는데 온종일 걸렸다. 그럼에도 불구하고 그날 밤 꿈을 꿨다. 한 친구가 사정이 생겨 필사를 못 하겠다고 해서 꿈에서도 실망했고 새벽에 잠에서 깨기도 했다. 신경을 너무 썼나 보다. 그래도 난 꿈이라 다행이라고 생각했다. 친구들과 언니가 토지필사를 하면서 성장하는 모습을 생각하니 마음이 기쁘고 설렜다.

작은언니는 지병인 허리의 통증으로 병원에서 정기적으로 치료를 받고 있었고, 발달이 느린 손주 걱정으로 얼굴에 생기를 점점 잃어갔다. 작은언니는 늘 낙천적이고 웃음이 많았는데 최근에는 시들어가는 화초처럼 삶의 의욕이 없어 보였다.

그 모습을 안타깝게 지켜보던 난 작은언니를 만나 진지하게 이야기를 나누며 현재의 모습을 거울처럼 보여주었다.

"언니야, 언니 모습이 예전과 많이 달라진 거 알고 있나?"
"와아, 어떤데?"

작은언니는 멍한 눈을 들어 나를 바라보았다.

"얼굴에 근심이 가득하고 생기도 없고 머리와 옷차림에도 통 신경을 안 쓰는 것 같다."

언니는 무덤덤한 표정으로 희미하게 웃었다.

"내가 요즘 아무것도 손에 안 잡히고 무엇을 해도 즐겁지 않다."
"언니야, 허리도 아프고 손주 땜에 맘도 불안하고 머릿속도 복잡하다는 거 안다. 불안한 마음에 인터넷에 정보만 검색하면서 아직 일어나지도 않는 일로 걱정만 하고 있잖아. 이번 기회에 토지필사하면서 마음도, 머릿속도 좀 덜어내면 어떨까?"
"야야, 내가 그거 할 정신이 어디 있노? 필사가 좋은 건 알지만 난 자신 없다. 한두 권도 아니고 20권이나 되는 걸 어떻게 하겠노? 담에 하면 안 되겠나?"

내가 계속해서 권할 거란 생각을 했는지 작은언니는 오히려 사정조로 말했다.

"언니야, 일단 한 달만 해보자. 불안과 걱정을 가슴속에 넣어두면 골병이 든다. 머릿속이 복잡할 때는 의도적으로 나쁜 생각을 몰아내고 좋은 생각으로 바꾸는 노력이 필요하다. 그것이 내 생각에는 필사다."

약해지는 내 맘을 잡기 위해 더 강하게 말했다.

"언니야, 내가 등록하고 책도 주문할게. 언니는 그냥 마음 하나만 잡고 가자. 언니는 내가 볼 때 한번 시작하면 어느 누구보다 잘 할 수 있어. 나보다 글씨도 잘 쓰고, 생각하는 폭도 넓지, 세상 이치를 아는 것도, 대인관계도 나보다 나아. 그리고 필사를 하면 언니가 고민하는 문제에 대한 더 좋은 해결책도 얻을 수도 있지 않을까."

언니는 마지못해 승낙했다. 난 언니의 마음이 변하지 못하도록 책도 주문하고 등록도 그 자리에서 했다. 나와 언니의 마음을 동시에 잡는 유일한 방법이었다. 그래서 토지필사를 시작했다. 결심하기까지는 어려웠지만 시작한 후에는 열심히 했다. 전화로 어려운 점은 없는지 체크하고 잘하고 있다고 응원을 해 주고, 완독 필사를 했을 때의 모습을 상기시키며 계속할 수 있는 용기도 주었다.

필사 프로그램을 시작한 지 일주일이 지났다. 그들은 내가 권해서 하기는 했지만 이미 내면에 책을 읽고 글을 쓰고 싶다는 씨앗이 있어서인지 발을 들여놓으니까 스스로 발아해서 자랐다. 처음 시작하고 한 달 동안은 다들 필사 열기가 넘쳐 올라 마른 장작에 불을 붙여 놓은 거 같았다. 그들은 같은 책을 필사하면서 한마음으로 서로에게 든든한 울타리가 돼줬고 내면이 단단해졌다. 친구와 언니는 필사의 좋은 점은 책을 정독하여 읽게 되고, 책 속의 인물의 삶을 자신의 삶과 비교해 보고 조금 힘든 일이 있어도 견디는 힘이 생겼다고 한다. 어디를 가나 필사를 해야 한다는 생각이 늘 머릿속에 있다고 한다. 필사를 할 때 집중을 하니까 잡생각이 없어져서 좋다고 했다.

친구들이 필사를 시작하더니 자주 하던 전화가 뜸해졌다. 전에는 친구들이 시간이 많아서 연락을 자주했는데 요즘은 다들 필사에 집중하다 보니 내가 안부 전화를 해야 한다. 글을 쓰기 전에는 자신의 욕구를 밖에서 찾았다면 지금은 다들 필사를 하면서 내면의 자기와 대화를 많이 나누고 있는 듯하다. 삶을 살다 보면 나무가 바람에 흔들리고 쓰러지듯 삶도 고통으로 얼룩질 때가 있다. 삶이 흔들릴 때 우리는 불안하다. 이럴 때 지인들의 도움을 받을 수도 있지만 각자의 삶이 바쁘고 힘들기 때문에 지속적으로 요구할 수도 없고 만약 요구를 한다면 민폐다. 그럴 때 필요한 것이 글쓰기다. 글쓰기를 하면 남들의 말에 흔들리지 않고 내면을 굳건하게 받쳐주는 힘이 생기고 앞으로 나갈 수 있는 용기와 추진력도 갖게 된다.

쓰기는 모든 것의 밀도를 높인다. 책을 읽고 단상을 적기 위해서는 일단 정독하고 마음에 와 닿은 문장에 밑줄 긋고 필사하면서 단상을 적으려면 족히 2~3시간은 걸린다. 매일 같은 일을 반복한다는 것이 쉽지는 않다. 하루를 견뎌내는 힘이 필요하다. 난 인문학 다이어트 6개월을 하면서 내가 하루살이라고 생각하고 견뎠다. 견뎠다고 하니까 싫은 일을 억지로 한 것이냐고 사람들이 생각할 수 있지만 그렇지는 않다. 난 좋은 습관을 들이기 위해 6개월이 아니라 하루하루를 잘 보낸다고 생각했다. 어차피 6개월은 매일매일의 합이니까. 매일 기록의 힘과 습관의 힘을 믿어보기로 했다. 매일 새벽 6시면 인문학 다이어트 공지가 올라온다. 잠결에 눈을 뜨면 인문학 다이어트 과제가 궁금해서 휴대폰에 자동적으로 손이 간다. 인문학 다이어트 선생님의 브리핑을 읽으면 느슨해진 마음을 다잡게 되고 새로운 자극을 받아 열심히 해야겠다는 다짐도 한다. 난 인문학 다이어트 선생님의 브리핑에 담긴 마음을 알기에 감사의 댓글을 적으려고 노력했다. 매일 새벽을 여는 스승의 긴 글에 짧은 댓글이라도 달면 내 마음을 전할 수 있어 좋았고, 매일 글쓰기 연습도 할 수 있어서 좋았다.

인문학 다이어트를 한 것이 대학원 과제를 할 때도 도움이 됐다.

단편소설을 읽고 감상비평문을 쓸 때 어떻게 써야 할지 고민이 되어 도움을 청했더니 인문학 다이어트 선생님이 좋은 비평 책을 권해 주셨다. 난 책을 열심히 읽고 자료를 참고하여 감상 비평 과제를 제출했고 좋은 평가를 받았다. 글쓰기 과제가 나오면 일단 에피소드를 찾아 생각을 정리해서 글을 쓴 다음 인쇄를 했다. 이어서 차분하게 읽고서 여러 번 수정했다. 글에서 반복되는 말이 있으면 다른 표현을 찾아보고 문장의 호응이 맞는지, 필요 없는 군더더기 말이 없는지, 읽힘에 부자연스러운 곳은 없는지 체크했다. 그렇게 몇 번의 퇴고를 통해 더 좋은 글을 쓸 수 있었고 점점 군더더기가 줄어든 글을 보면서 퇴고의 중요성도 알았다.

또 책에서 좋은 문장을 기억했다가 친구나 지인에게 문자를 보낼 때 사용했더니 친구와 지인들이 마음에 와 닿은 좋은 글을 보내줘서 고맙다는 말을 했다. 짧은 글이라도 상대의 마음에 스며들면 온기를 전할 수 있고 진심을 담은 위로와 격려는 살아갈 힘을 주기도 한다. 파도가 부서져도 다시 일어나 물결을 만들 듯 비록 삶이 힘들어 절망스러울지라도 포기할 수는 없다. 삶이 괴롭고 힘들 때 버팀목이 되어주고 디딤돌이 되어 건너갈 수 있게 하는 것은 책 읽기와 글쓰기가 가장 좋은 방법이라고 확신한다.

06

홍
미
지

미지의 세계를 탐험하며
자신의 콘텐츠를 만들어 나가는
1인 창업가

직장인의 '딴짓'

'지잡대라 문송합니다'라는 말처럼 나는 지방대학교 문과생 출신이다. 게다가 토익이라는 취업의 공통 과제에서도 뛰어나지 않는 점수까지 환장의 조합을 이루니, 이력서로 봤을 땐 별 볼 일 없는 스펙의 지원자인 셈이다. 그런데 이런 내가 운이 좋게도 부모님과 친구들이 경험한 적 있는 브랜드의 마케터로 취업했다. 스펙도 별로이고 자존감도 낮아지던 취준생에게 주변 사람들이 아는 인지도가 있는 회사라는 게 큰 만족을 가져다줬다. 나를 채용한 회사에 '옳으신 선택입니다!'를 입증해 보여야 할 것만 같아 부족한 실력을 키워보고자 무척 많이 노력했다. 그 수많은 노력의 시간이 나를 성장으로 이끌었다. 하지만 어느 곳이나 그렇겠지만, 회사 생활이 늘 즐겁고 성장하는 시간으로 가득했던 건 아니었다. 사람들과의 관계, 의사결정에 대한 불만, 과도한 업무 등이 나를 조금씩 지치게 했다. 그중에서도 가장 힘들었던 건, '인정'에 대한 불만이었다. 인정과 감사가 채워지지 않아, 내 마음이 바닥을 보이자 마치 가뭄에 땅이 갈라지듯 마음에도 금이 가기 시작했다. 그러다 입사하고 3년이 지나 승진 시험을 본 결과 내 인생에서 처음으로 '승진'이란 걸 했다. 그런데 이상했다. 나는 생각처럼 행복하지 않았다. 당황스러웠다. 회사 생활은 힘들었다. 아마 회사 생활이 안 힘든 사람은 없겠지. 나 역시도 그랬다. 승진했을 때, 이미 그때 마음에 상처를 입고 있었다. 불편한 마음을 다시 툭툭 털고 일어나고 싶었지만 머릿속은 여러 가지 상황이 뒤섞여 혼란스러웠다. 그때 나는 승진보다 더 큰 자극이 되는 글 하나를 읽게 됐다.

그날은 승진이 발표된 뒤의 어느 휴무일이었다. 본가에 가서 늘어지게 쉬고 있던 날. 다음 날도 쉬는 날이라 늦게까지 블로그의 글들을 여기저기 기웃거리며 읽고 있었다. 쉬는 날 밤이 그냥 흐르는 게 아까워 끊임없이 스마트폰을 들여다보고 있었다. 그때 아주 우연히 '인문학 다이어트'라는 제목의 글이 들어왔다. 인문학과 다이어트라는 이 상상되지 않는 조합의 궁금증에 이끌려 글을 클릭했다. 문현정 작가님의 책인 『인문학 다이어트』에 대한 글이었다. 놀라웠다. 체중을 감량하는 다이어트를 생각하고 클릭했던 내 예상을 빗나갔다. 글을 읽고, 걷고, 사색하고, 쓰면서 나의 마음까지 다스리는 것에 대해 이야기하고 있었다. 작가님의 글에 내 마음도 움직였다. 그리고 그 블로그의 글들을 연달아 살펴보다가 '인문학 다이어트 1기 모집' 글을 홀린 듯이 읽게 되었다. 이미 1기가 시작된 지 두 달 정도가 지난 시점이었지만 그 글에 댓글을 남겼다. 참여할 수 있는지와 함께 내 연락처를 남겼다. 그리고 다음 날 아침, 눈 뜨자마자 스마트폰을 확인했더니 문 작가님의 문자 한 통이 와 있었다. 곧장 문 작가님의 번호로 전화를 걸었다. 문 작가님과 통화한 내용이 정확히 기억나진 않지만, 통화를 하면서 설렜던 그 마음이 아직도 느껴진다. 작가님은 내 댓글을 보시고, 내 블로그도 들어가 보셨다고 하시면서 블로그 속 나의 글과 생각을 보시곤 나의 가능성에 대해 이야기해주셨다. 몸과 마음이 지쳐있던 나를 다시 세워나갈 수 있을 것 같은 좋은 느낌이 들었다. 몇 년이 지난 지금 돌이켜보니, 나의 딴짓에 대한 구상은 이때부터 시작된 것이었다.

인문학 다이어트에서 가장 먼저 시작한 일은 책을 읽는 것이었다. 그것도 문학책 말이다. 자기계발서와 업무 관련 책만 읽던 내가 문학을 읽으니 세상의 이야기가 들려오기 시작했다. 소설을 그저 재미있는 책으로만 치부하거나, 시간을 때우기 위해서 읽는 것이라거나, 자기계발에 도움이 안 되는 불필요한 '딴짓'이라 생각하면 큰 잘못이다. 문학은 우리가 살아가는 데 꼭 필요한 장르다.

『하마터면 열심히 살 뻔했다』(하완)라는 책에서 읽었던 구절이 생각난다.

"내가 경험하는 하나의 생으론 이야기가 많이 부족하다. 그러므로 이해도 부족하다. 삶이, 세상이, 타인이 이해되지 않아 힘들다. 그래서 인간은 이야기를 발명했는지도 모른다."

『하마터면 열심히 살 뻔했다』(하완)

이 발명이 바로 문학이다. 내 편협한 생각이 이야기를 '쿵'하고 맞아서 무너진다. 그리고 새로운 생각이 쌓인다. 이건 마치 집의 인테리어를 새로 하는 것만큼 새로운 삶을 살게 되는 것과 같다. 나라는 사람의 겉은 같아 보일지라도 들여다보면 이 전과는 완전히 다른 집처럼 다른 생각을 가진 사람이 되는 것이다. 골조는 같지만 더 쾌적한 생각 환경에서 살다 보면 삶은 분명히 더 나아질 것이다.

승진으로도 채워지지 않던 마음 한구석이 인문학 다이어트를 하면서 채워져 갔다. 회사의 퍼즐 조각 중 하나에 불과한 내가 아니라, 온전히 나라는 사람이 가진 퍼즐 조각 하나하나를 들여다보게 된 것이다.

나도 소설 속의 여주인공처럼 나만의 크고 작은 문제들을 안고 살아간다. 그럴 때에는 종종 주변 친구들에게 조언을 구하기도 하지만 너무 비슷한 이야기만 품고 있는 또래의 친구들의 이야기로는 해결책을 찾지 못하는 일이 많아졌다. 그런데 책을 읽으면 그 이야기들이 내 마음에 비수같이 날아와 며칠 동안 내 마음을 건드렸다. 그러면서 내 생각들이 바뀌고 행동들이 바뀌었다. 인문학 다이어트를 하면서 '읽기'는 나에게 그런 존재다. 삶의 난관이 닥치거나 물음표가 생겼을 때, 그 길을 먼저 걸어본 인생 선배인 작가들이 쓴 글을 읽을 때 훨씬 더 명확하게 동의하는 나만의 답을 찾을 수 있다. 일이 잘 안 될 때, 힘들 때, 위로받고 싶을 때, 크고 작은 문제를 직면할 때마다 책을 찾았다. 회사에서 마음을 다스리는데도 읽기가 큰 힘이 됐다.

그 당시 문 작가님께 처음으로 '퇴사하고 싶다'는 내 고민을 토로했다. 그러고 나서 2년 반이라는 시간이 더 흐른 뒤에야 진짜 퇴사를 했다.

퇴사했다는 소식을 전하고 작가님을 만나던 날, 우리는 카페에서 콩콩 뛰며 퇴사 축하 노래를 불렀다.

"퇴사를 축하합니다."
"우리 미지의 퇴사를 축하합니다."

그러고선 서로를 보면서 크게 웃었다.

인문학 다이어트를 통해 책을 읽고 많은 이야기를 통해 사색하고 쓰면서 나는 많은 기회를 만들었다. 직장인일 때 부지런히 스스로 기획한 '딴짓'을 하고, 글로 기록한 덕에 그 글은 나를 회사 밖

자유를 경험하도록 이끌었다. 그 글은 돈으로 나를 이끌었고, 내가 필요한 사람들을 내가 쓴 글이 있는 모니터 앞으로 모이게 했다. 나는 그런 성공 경험들을 또 글로 적었고, 그 성공 경험을 또 결제해서 볼 수 있는 전자책으로도 팔고 있다.

마케터로 4년 넘게 근무하면서 정말 많이 성장했다. 힘들었지만 회사에서 쌓은 경험이 절대 헛되었다고 생각하지 않는다. 이는 부족한 내가 업무 역량을 키우는 데 큰 거름이 되었고, 그때는 내 인생에서 가장 열정적이고 진정성 있게 일하던 시기다. 하지만 회사 일을 열심히 한다고, 내가 바라는 삶을 살 수 있는 것은 아니었다. 나는 나의 가치가 더 높아지는 곳을 찾았다. 회사에서 거두었던 성과들은 그렇게 인정받고 싶던 회사에서보다 회사 밖에서 더 나를 인정하게 하는 수단이 됐다.

오지 탐험가가 있다면 난 내 삶에 있어 미지 탐험가다. 이름이 '미지'인 '나 자신'을 적극적으로 알아가는 사람이기도 하고, 직장인이라는 틀에서 벗어나 '딴짓'으로 창직하여 새로운 업을 찾아나서는 미지의 탐험가 말이다. 사색하고, 걷고, 쓰면서 새로운 삶을 발견해나간 내 이야기가 당신 앞에 펼쳐질 미지의 시간을 맞이하는 데 아주 조금이라도 용기가 되길 바란다. '해볼까?', '뭐 어때?', '재밌네?' 하며 나아가는 데 작은 힌트가 되길 바란다.

모범생이 아닌 모험생

　몇 번 가보지 않은 길을 다시 걷거나, 오래전에 갔던 건물을 다시 찾아갈 때, 나는 처음 가는 길이 아닌데도 매번 길을 헤맨다. 가끔은 내 스스로도 심각하리만큼 길치라고 느낄 때가 있다. 재밌는 사건은 친한 친구의 대학교 캠퍼스에 놀러갔다가 길을 잃었던 날이다. 분명 지도앱을 보고 잘 찾아간 건물이었는데 다시 돌아가려고 건물을 나오고 보니 그 길과 모든 배경이 너무나도 낯설게 느껴지는 것이다. 정문을 잘 찾아 나가기만 하면 되는 건데도, 반대 방향에서 보는 길은 왜 이렇게 낯설고 생소했던 걸까? 저 길로 왔던 것 같은 느낌에, 내 느낌을 믿고 걷다가는 영 다른 곳으로 걷고 또 걷는다. 온 캠퍼스 구석구석을 걸으며 헤매다 결국은 정문을 찾지 못하고 '다시는 느낌을 믿지 말자'고 다짐하며 지도앱을 연다. 다시 방향을 잡고 걷는다. 이렇게 자주 길 위를 헤매며 걷고 또 걷는다.

내가 이 길을 걸어온 게 맞는지 의아해하며, 바라보는 방향이 달라졌을 뿐인데 건물이며 나무 등 모든 것을 다시 두리번거리면서 말이다.

내가 걷는 길만 잘 못 찾는다면 다행이겠지만, 나는 내 삶의 길을 찾는 데도 영 서툴다. 대학생 때, "너는 졸업하면 어디에 취업하고 싶어?"라는 질문을 들을 때마다 마음이 불편했다. 내 전공은 경영학이다. 경영학과에 진학했을 때의 장점은 다양한 직군으로 갈 수 있다는 것이고, 단점은 어느 분야에서도 전문적이지 않다는 것이었다. 그래서 그런지 나는 목표로 하는 직업을 신속하게 결정한 친구들을 보면 신기했다. 내 친구들 중에는 스튜어디스, 은행원, 공기업 등 뚜렷한 직업을 목표로 대학생활을 꾸려나가는 친구들이 있었다. 그때는 나도 참 어렸던 터라 뚜렷한 길을 미처 설정하지 못한 나와 달리 꿈이 명확한 친구들의 길을 의심했었다. '어떻게 저 직업을 경험하지 않고 되고 싶어 하는 거지?'라며 이해하지 못했다. 그러니 꿈이 명확한 친구들에게 진심으로 공감하지도 못했고, 주변 친구들 몇몇은 나를 허황된 꿈을 꾸는 '몽상가'나 '비현실적인 애'로 생각하기도 했다.

'어느 분야의 길을 걷는다'라는 문장이 참 무겁게 느껴졌다. '길'이라는 것을 잘 모르고 낯선 길을 떠오르게 했고, '걷는다'라는 건 끝이 안 보이는 그 길에 뛰어드는 것 같이 느껴지기도 했다.

이런 내가 매일매일 동네 길을 4~5km씩 걸으며, 매일 하나의 문제의 답을 찾아 나가기 시작했다. 그게 바로 인문학 다이어트의 '걷기'였다. 인문학 다이어트를 만나고 매일 걸었다. 매일 걷다 보니 코스가 지루해 새로운 길로도 걸어가 보고 그러면서 좋은 풍경들을 만나기도 했다. 하나의 문제나 주제를 가지고 그 길을 걷다 보면 어렵고 복잡했던 생각들도 차츰 정리할 수 있었다.

문 작가님을 만난 것도, 책을 읽고 걷기 시작하며 내 길을 찾아 나서게 된 것도 '인문학 다이어트 프로그램'에 대한 호기심에서 비롯되었다. 회사에서 하는 '사회생활' 말고, 회사 밖에서 나를 찾고자 하는 '사외(外)생활'이 시작된 것이다. 작가님은 내 주위에서 '자유'를 추구하고 실행하는 '유일한 어른'이셨다. 그 전까지만 해도 나의 딴짓을 이해하지 못하는 사람들은 '너는 단 하나의 길만 갈 수 있어'라고 외치는 것 같았다. '니가 될 수 있는 모습은 단 하나야!'라고 하는 것 같아서 내 삶을 더 우울하게 하곤 했다.

그런데 문 작가님은 나를 이해해주고 공감해주고 잘 할 수 있다고 용기를 주시는 분이었다. 지금의 경험이 미지를 만드는 원동력이니 많은 경험을 해보라고 나를 부추겼다. 그 경험을 글로 써보라고 하셨다. 나의 딴짓으로 책을 내보라고 권하는 든든한 지원자가 생긴 것이다. 딴짓의 베테랑이라도 된 것 같은 기분이었다. 그리고 앞으로도 나의 관심사들에 최대한 애정을 쏟으며 모험하며 살고 싶다. 한길을 앞서서 잘 가는 모범생 말고, 이 길 저 길 둘러보는 모험생으로 살아보기로 했다. 그렇게 4년 3개월간 다닌 직장에서 퇴사했다.

　첫 직장은 첫 사랑과도 같다는 이야기를 들은 적이 있다. 사랑에 빠진 내 모습과 상황을 더 사랑했던 것처럼, 직장을 다니는 내 상황과 모습에 더 취해 있었던 것 같다. 호기심천국에서 사는 나는 배우고 싶은 게 항상 넘쳐났다. 더 놀라운 건 새로운 걸 접할 때마다 마음에 들어한다는 것이다. 다른 사람들은 어떤 것을 경험했을 때 '호불호가 나뉜다'고 하는데, 나는 '호와 극호로 나뉘는 베이스'랄까? 그 정도로 세상엔 재미난 게 많고 새로운 걸 접할 때마다 좋았다.

　처음부터 이런 내가 좋았던 건 아니다. 대학교 때는 관심사가 다양하고 뭐 하나 전문적이지 않고 여기저기 기웃거리는 나 때문에 너무 불안했다. '이 많은 점이 모여서 뭐가 되긴 될까?'라는 생각을 했었다. 이렇게 다양한 분야에 관심 많고, 호와 극호가 있는 성격에는 당연히 취향도 좀 특이할 수밖에 없다. 나는 정적인 것과 동적인 취미 활동 모두를 사랑한다. 정신까지 편안해지는 요가나, 미친듯 파이팅 넘치는 스피닝(자전거 타면서 음악에 맞춰 춤추는)을 하는 것도 좋아한다. 내가 막 무언가 기획해서 모임을 여는 것, 혼자 집에서 책을 읽는 것도 좋아한다.

　여러 가지를 동시에 해나가느라 사실 머릿속이 복잡한 날도 많고, 또 어떻게 내가 이런 것들을 해나가는지 궁금해하는 친구도 있다. 그 해답을 '나는 완벽해야 한다'라든가 '1등 해야 한다'로 생각하지는 않는다. 물론 내가 하는 일에서 괜찮은 성과를 거두고 싶은 마음은 있지만 일 외에 취미 및 자기개발에는 그런 생각을 하지 않는다. 학원에 다니거나 헬스 클럽에 등록할 때, '출석 100% 못하면 어때?'라는 생각. '무척이나 배우고 싶어서 언젠간 배울 게 분명한데 그럼 좀 더 젊을 때 배우자.', '하루빨리 시작하자.', '어차피 언제하든 내 인생에서 완벽히 다 출석하는 날은 그리 쉽게 오지 않을 것'이란 생각. 물론 당연히 단점도 있겠지만, 내 흥미를 따라오기에는 이 방법이 찰떡이다. 단점을 넘어설 만큼 이런 성향이 내 인생에서 많은 역할을 해나가고 있다.

'자유로 가는 길'을 적극적으로 찾으라고 말씀해 주시는 멋진 어른이 내 곁에 있다는 건 참 행복한 일이다. 문 작가님이 운영하시는 '문 작가의 카페'의 슬로건이 바로 '자유로 가는 길'이다.

문 작가님이 궁극적으로 원하는 것이 바로 자유다. 인문학 다이어트를 통해 조금씩 자유에 다가가고 있다. 길을 걷는 것. 많이 헤맸던 길치였으니 새로운 길에서도 아마 순탄하진 않겠지만, 설레는 이 마음만큼, 궁금한 길을 걷는 것만큼 나에게 큰 에너지는 또 없을 것이다. 그 길을 걷기 위해서 나는 꼭 자유를 만나고 싶다. 아니 이 글을 쓰는 지금 나는 자유를 만났다.

나만의 답을 찾는 연습

'나는 어떤 사람이 될까?'라는 질문은 사춘기에 시작되었는데 대학생 때까지 이어졌다. 그리고 이 생각을 지나 직장인이 된 나에게는 '어떻게 살까?'라는 한층 더 어려워진 질문이 내 가슴 속에 콕 박혀 있었다. 이 고민이 어떤 날에는 나를 자극시켜 더 열정적으로 살아가게 하기도 했지만, 어떤 날에는 빠지지 않는 가시처럼 내 숨통을 답답하게 꽉 조이기도 했다.

마음속에 질문을 품고 있어서일까? '인문학 다이어트'에서 매일매일 책을 읽고 과제를 수행할 때마다 책 속 주인공들의 깨달음을 보면서, 내 문제의 힌트를 찾으려 애썼다. 책을 읽으면 남들보다 오래 걸리는 편이다. 그 이유는 책 읽는 속도가 느린 것이 9할인데다 내 생각을 대신 정리해 준 듯 정리된 문장이나, 가슴을 '찡'하게 만드는 이야기들에 오랫동안 멈춰 있기 때문이다. 그런 글들 위에 연필을 들고 멈춰서 마음껏 상상을 펼치곤 한다. 그래서 내 책은 항상 줄이 많이 그어져 있고 메모나 아이디어들로 가득하다. 그런 메모들이 문제집에 적힌 알 수 없는 풀이들 같이 보이기도 한다. 그렇게 고민한 흔적들을 남긴 책은 다음에 다시 읽을 때 깜짝 놀라기도 한다. '내가 이런 엉뚱한 생각을 했었나?' 싶기도 하고 '이 아이디어 진짜 괜찮네' 하기도 하면서 말이다.

그 당시 내가 했던 사색에서 핵심 키워드는 '퇴사'였다. 나에게는 과분할 정도로 좋은 회사였지만, 회사의 수식어가 아닌 '나'라는 사람이 좋은 비즈니스 모델이자 콘텐츠로 돈을 벌고 싶었다. 그래서 '어떻게 퇴사할까?'를 고민하기 시작했다. 처음엔 이직을 고민했다. 하지만 좋은 회사를 찾는 것부터가 어려웠다. 회사에 입사할 때면 내가 어떤 사람이라서, 이 회사에 입사하면 어떤 일을 해낼 수 있는지 스스로 답을 찾아 이야기해야 한다. 한 번도 일해보지 않은 곳에서 내가 그 큰 그림의 멋진 퍼즐 조각이라고 말이다. 몇 번의 이력서와 면접을 보러 간 적도 있지만 결과는 그다지 좋지 않았다. 그래서 다시 고민하기 시작했다. 누군가의 퍼즐 조각이 되고자 노력하지 않고 스스로 퍼즐의 판을 만드는 것을 말이다.

그 퍼즐의 밑그림은 '문 작가의 카페'에서 마련되었다.

어느 날, 작가님께서 "블로그 강의를 좀 해 줄 수 있어?"라고 요청하셨다. 인문학 다이어트 멤버들 중에서 블로그의 중요성은 알지만 블로그를 할 줄 몰라서 시작하지 못한 분들이 계시다는 거였다. 2012년부터 블로그를 해왔고, 회사의 블로그도 맡고 있었기에 블로그를 시작할 수 있도록 돕는 건 나에게 어려운 일이 아니었다. 알겠다고 말씀드렸다.

블로그 강의는 수없이 많았지만, 나만의 콘텐츠로 정말 도움이 되는 시간으로 구성하고 싶었다. 하지만 2시간을 채우는 것이 쉽진 않았다. 아니 오히려 어려웠다. 2012년에 작성한 블로그의 첫 글부터 다시 보면서 정리했다. 2시간 강의를 하기 위한 준비 시간은 10시간은 족히 넘게 걸렸다. 내가 매일 사용하고 있으니, 쉽다고 생각했지만 오산이었다. 지식을 정리하고, 내가 가진 스토리들 중에서 어떤 이야기를 할지 고르는 데 많은 시간이 필요했다. 근데 이 강의를 준비하며 나의 2시간의 강의를 만든 게 정말 큰 자산이 됐다.

강의 당일, 나는 개인 SNS를 잘 활용하는 것은 기회의 장치들을 심어두는 것이라고 말씀드렸다. 다양한 SNS를 관리하는 건 재테크와 닮았다고 생각하기 때문이다. 내가 SNS를 활용하여 어떤 이익을 얻었는지 실제 경험을 공유했다. 그날 나는 문 작가님께서 깔아주신 멍석 위에서 제대로 한바탕 뛰어논 기분이었다. 내가 경험한 방법과 꿀팁들을 공유한 그 시간이 떨리면서도 재밌고 또 감사했다. 강의가 끝난 후 문 작가님의 칭찬과 수강생분들의 감사의 인사를 듣고 강의를 한 내가 더 많은 감동을 받았다. 땀을 쫙 흘리고 집에 도착했을 때, 그 뿌듯함과 행복감은 잊을 수 없다. 원래는 회사에서 일을 마치고 집에 오면 무언가에 대한 보상심리 때문에 배달음식을 시키거나 야식을 먹곤 했다.

그런데 그날은 집에 와서 흘린 땀을 샤워로 사악 씻어내고, 냉장고에 있는 멸치 반찬을 꺼내서 밥을 먹는데도 그렇게 꿀맛일 수가 없었다. 처음으로 돈을 받고 진행한 강의였다. 그날 받은 돈이 얼마나 소중하고 귀하게 느껴졌는지 모른다. 허투루 돈을 쓰고 싶지 않았고, 일을 하며 이미 얻은 만족감이 높아 고생한 느낌이 아니었다. 강의를 하러 들어갈 때와 나올 때, 약간 다른 사람이 된듯한 기분을 느꼈다. 이렇게 좋은 에너지와 정보를 나눌 수 있음에 감사했다.

나는 내 퇴사의 당위성을 여기서 찾았다. 그날의 뿌듯했던 경험을 블로그에 올렸는데, 그 후기가 또 다른 강의로 연결됐다. 6월부터 회사 휴무일에 의뢰받은 강의를 해나갔는데, 12월이 됐을 때 강의로만 회사 연봉의 50%가 되는 금액을 벌었다는 걸 깨달았다.

인문학 다이어트 과제에서는 항상 책을 읽은 뒤 생각하고 나의 생각을 적어야만 한다. 수없이 생각하고 나만의 답을 내렸던 하루하루가 쌓여서, 내 인생에 대한 질문에도 답을 낼 수 있게 된 것이다. 그것들이 쌓여 내가 퇴사를 생각할 때, 강의 요청을 받았을 때 언제나 내게 친구가 되어 주었다.

책에서 작가들의 경험을 정리한 이야기나, 그들이 발견한 성공의 공식, 이루어낸 감동의 스토리 등을 읽을 때마다 앞으로도 난 변함없이 많은 구절에서 곱씹고 사색하며 내가 적용할 수 있는 것들에 대해 고민해 나갈 것이다. 나라면 어떻게 했을지, 작가라면 내 상황에서 어떻게 했을지를 상상하며 수많은 상황의 퍼즐 조각이나 아이디어 조각들을 맞추는 재미. 가끔은 엉뚱하고 말도 안 되는 생각들로 이어지긴 하지만 간혹 몇 개의 생각은 실행으로 옮겨져 내 삶을 더 다채롭고 나답게 만들어간다.

　내 상황이나 고민, 호기심에 의해 읽을 책을 선택하게 되는데 책들에서 항상 크고 작은 힌트들을 얻었다. 어릴 때는 주변 친구들과 고민을 나누고, 뒷담하고, 연애상담을 하며 수다를 떠는 게 큰 재미라고 느꼈지만 책을 읽고 사색하기 시작하면서부터는 고민이 생길 때마다 책 속으로 들어가 답을 찾았다.

　책을 많이 읽는 친구들이 부러울 때도 있었지만, 내가 느리게 읽는 만큼 더 많이 사색에 잠긴다는 걸 이제는 안다. 지금 이 책을 읽고 계신 독자분들도 나와 같을까? 이 책에 나오는 경험이나 작가분들이 찾은 공식들에 독자분들의 상황을 대입해서 힌트를 찾고 사색하신다면 더없는 영광일 것 같다. 누군가의 무릎을 '탁' 치거나 가슴을 '찡'하게 울리는 단 하나의 문장이라도 있기를 간절히 바라본다. 사색하고 상상하는 당신의 시간이 인생에서 작은 전환점 아니 작은 점 하나라도 찍히길 바라며.

탐험일지 작성하기

"제가 책을 내면 아무도 안 읽을 것 같아요."

글쓰기 모임에 가서 내가 한 말이다. 내가 문 작가님을 만난 것을 계기로 책을 쓰는 게 현실이 되어가는 듯했다. 인문학 다이어트를 통해 온라인으로만 대화를 하던 멤버들이 오프라인으로 만나는 날이 있었는데, 바로 책을 쓰기로 한 사람들끼리의 모임이었다. 공저 쓰기 2기 모임이었다. 설레는 마음으로 가서 자리를 잡고 인사를 나눴다. 그런데 막상 그 자리에 가보니, 엉뚱한 생각이 들었다.

'내가 대단히 유명한 대학교를 나온 것도 아니고, 대단한 성공을 한 것도 아닌데… 누가 서점에 있는 많은 책 중에서 내 책을 살까? 나 같아도 유명한 대학교를 졸업한 사람이 쓴 책을 살 텐데….'

이런 생각이 나를 지배하는 건 한순간이었다. 어릴 적부터 마음속 로망으로 가지고 오던 책을 쓴다는 것이, 드디어 손에 닿을 만큼 가깝게 보였는데 이제 와서 이런 생각이 드는 것이었다. 그래서 저런 말이 내 입 밖으로 튀어나온 것이다.

그런데 그때 인문학 다이어트의 멤버 한 분께서 이런 이야기를 해주셨다.

"저라면, 미지님의 책을 살 것 같아요. 오히려 하버드, 서울대는 딴 세상 이야기 같아요. 미지님이 도전하고 실패한 그 이야기들이 저는 더 궁금한데요? 그리고… 책 나오면 제가 살게요!"

이 이야기에 다 같이 웃음이 터져버렸다. 그리고 나의 생각에 급 브레이크가 걸리고, 딴 길로 새던 생각을 유턴시켰다. 참 꿈이라는 게 우습다. 그렇게 열망하면서도 꿈이 너무 커 보여 그것을 향해 첫 발걸음을 떼는 것을 어려워하기도 하고, 이렇게 코앞에 다가와도 괜한 두려움에 사로잡혀 도전을 주저하고 있으니 말이다.

그 미팅이 끝난 후 몇 주 동안 글을 적다가 나는 또 그 두려움과 게으름이라는 벽을 넘지 못하고, 포기를 하고 있었다. 도전에 주저하고 금방 또 실패하기를 반복하는 삶. 그런데 나약한 나를 챙겨주고, 내 꿈 앞으로 나를 질질 끌어다 앉혀주신 분은 문현정 작가님이셨다. 그 덕분에 나는 지금 이렇게 마지막 챕터의 글을 쓰고 있다. 그리고 대단한 대학교, 대단한 성공스토리가 없는 이 이야기를 읽어주실 독자님께 참으로 감사하다.

'책'이라는 것이 다양한 부류의 글이 있는 것처럼, 그 글의 목적이나 메시지도 다양하고 모두 다르지 않는가. 여행을 다 끝마치고 발견한 새로운 대륙에 대한 글을 적은 책이 있다면, 나의 이 글은 내가 탐험한 그 과정과 과정에서의 통찰이 담긴 글인 것이다. 새로운 대륙의 이야기를 알고 싶은 사람에게는 죄송하지만, 자신의 삶을 탐험하고자 하는 사람에게 나의 도전과 실패의 이야기들은 작은 도움이 됐으면 하는 바람으로 글을 쓴다.

생각해 보면 인문학 다이어트를 하면서 매일매일 적었던 그 글들. 완성도로 따지면 지금보다도 훨씬 더 부족했겠지만 하루하루를 대하는 나의 진정성은 어쩌면 지금보다도 더 진실되고 뜨거웠는지 모른다. 그런 글들에는 힘이 있다. 그 글들이 모두 인생 탐험일지였던 것이다. 나의 탐험일지를 보니 참 재밌다. 인문학 다이어트를 하면서 적었던 매일매일의 글들, 나아가 블로그에 '에세이가 되고 싶은 일기장'이라는 제목으로 연재했던 글들, 아무에게도 알려주지 않고 비공개로 나만의 글을 적고 싶어 글쓰기 플랫폼인 '브런치'의 작가가 되어 썼던 글들. 이런 일지들이 모일 때마다 생각을 정리하는 힘이 길러졌다. 스스로 이 세상에서 살아남기 위해서는 글을 쓰는 능력이 참 중요하다. 그런 힘들이 길러졌기 때문일까? 나는 나만의 교육 프로그램을 짜서 재능 기부 사이트와 내 블로그에 커리큘럼을 올렸다. 그리고 신기하게 누군가가 첫 연락을 해왔다. 나는 나의 활동들을 후기로 기록했고, 그런 글들은 스스로 온라인에서 일을 하며 기관, 기업, 센터 등의 담당자가 읽게 하며 강의 요청이 이어졌다. 퇴사를 할 수 있었던 가장 큰 이유는 다른 밥벌이를 스스로 찾았기 때문이다. 재능 기부로 시작했던 강의의 강의료가 점점 높아졌고, 회사보다 더 희망적인 신호들을 봤을 때 나는 그때서야 퇴사했다. 반대로 나한테 그런 신호가 없었더라면 나는 아마 회사에서 최선을 다했을 것이다. 회사에서 느끼는 답답함은 '딴짓'으로 풀며 그걸 가장 큰 위안으로 삼는 데 만족했을 것이다. 다른 밥벌이를 찾았다고 해서 내 탐험일지가 끝난 것은 아니다.

또 하나의 사건은 혼자 글을 쓰거나 블로그에 남기는 것을 넘어 국가에서 실시하는 창업 지원사업의 해당 양식에 맞춰 사업계획서를 썼다. 오로지 아이디어만 가지고 아이템에 대한 글을 10페이지 넘게 작성했다. 쉽진 않았지만 사업계획서 작성을 마무리할 수 있었다. 놀라운 건, 그 서류가 합격으로 이어져 7천만 원의 지원금이라는 행운을 불러온 것이다. 그렇게 본격 사업자등록증을 냈다. 막상 창업을 해보니 역시나 쉽진 않았다. 나는 창업의 초보 중에서도 초보였으니 말이다. 그래도 글쓰기가 아니었다면 나는 이 도전의 기회 또한 없었을 것이다.

앞으로의 내 탐험일지는 어떤 방향으로 흐를까? 재미있는 일이 있이 있으면 나는 또 글을 써서 그 일을 따내려고 할 것이다. 그게 나만의 프로그램이 될 수도 있고, 입사지원서가 될 수도 있고, 사업계획서가 될 수도 있다.

  '글을 잘 써서, 완성된 내가 되면 그때 본격 글을 써야지'라고 생각한다면, 지금 삶의 탐험을 꼭 글로 기록해 두라고 얘기해드리고 싶다. 매일 종이에 글을 쓰는 연습을 하셔도 좋고, 블로그에 공개된 글을 작성하는 것도 좋다. 만약 내가 읽고, 걷고, 사색하는 것만 하고 글을 쓰지 않았더라면 나는 이 모든 사건이 내 인생에서 일어나지 않았을 거라 확신한다. 읽고, 걷고, 사색했던 나의 탐험들을 글로 기록하면, 그 글은 어느 방향으로든 나에게 '기회'라는 응답으로 돌아온다고 확신한다. 마지막 문단을 남겨 놓고 있는 이 글도 나에겐 또다른 기회를 선사해줄 것임을 알기에 설렌다.

  자유의 길로 먼저 걸어가시며 책을 공저할 기회를 주신 문 작가님, 나의 길을 찾아 헤매는 모든 도전을 응원해주는 남자 친구, '미지'라는 좋은 이름을 지어주시고 이름대로 살게 키워주신 부모님, 그리고 부족한 글을 끝까지 읽어주신 독자님께 깊은 감사의 인사를 드린다. 부디 독자님의 탐험에 나의 넘어짐이 작은 힌트나 위로가 되길 바라며 이 글을 마친다.

  누구라도 내 이름처럼 미지의 세계에 뛰어들길 바라며….

처음 인문학 다이어트를 시작하고 코 찔찔 흘리던 여섯 명의 모습이 생각
난다. 시를 필사하고 한 줄의 단상도 적지 못해 힘들어하던 그녀들이었다.
자신을 표현한다는 사실이 두려웠고 자신의 생각을 한 줄 글로 표현하는 일
을 무척 힘겨워했다. 그랬던 그녀들이 조금씩 길게 문장을 적어나가기 시작
했다. 자신들의 생각을 조금씩 표현하기 시작했다. 작가의 생각과 싸우기도
했다. 그러다가 드디어 초고를 썼다.

인문학 다이어트 프로그램에 참여한 후 6개월 동안 매일 글쓰기를 연습하
고, 타오르는 열정을 주체하지 못해 공저 내기를 신청한 여섯 명의 참여자는
매일을 붙잡아 나의 역사를 만들어온 이들이다.

함께한 1년간 그녀들에게는 삶의 철학이 생겼고 자신의 삶을 사랑하기 시
작했으며 스스로를 보듬기 시작했다. 자신을 사랑한 시간을 이 책에 담았다.
함께한 여섯 명의 여정을 세상에 내놓게 되어 뿌듯하고 기쁘다.

1년간 지켜보며 그녀들에게 수식어를 붙일 수 있게 되었다. 공저자 여섯 명을 소개하면서 1년간의 여정을 마무리하고 싶다.

은향란, 여행을 즐기며 성장과 도전을 멈추지 않는 여행작가 지망생

김정옥, 암과 투병하던 중에 인문학 다이어트를 만나 자신을 사랑하고 비로소 '지금'을 사는 여자

권혜정, 20년을 직장에서 내공을 쌓았고 퇴직 후 20년은 자유인으로 살고 싶은 열정녀

성은주, 늘 청춘을 꿈꾸는 17년 차 국어 교사로서 학생들과 소통하는 따뜻한 이야기 선생님

신수연, 늘 배우고 도전하며 나이가 들어도 아름다울 수 있음을 보여주는 여자

홍미지, 미지의 세계를 탐험하며 자신의 콘텐츠를 만들어 나가는 1인 창업가

그녀들과 함께한 1년간의 여정이 행복했고 자유로웠다. 그 과정을 담은 결과물을 낼 수 있어 참으로 기쁘다. 이 책이 그녀들을 세상으로 이끄는 또 다른 마중물이 되어 주길 바란다.

함께할 수 있어 좋았고 한 가지를 깨달았다.
매일 쓰면 작가가 된다는 사실을.

문현정 작가